Vorwort

...und so liege ich gerade auf dem Bett mit meinem Laptop vor mir, und stelle mir zum hundertsten Male die Gesichter im Lehrerzimmer meiner alten Schule vor, wenn da plötzlich ein Einladungs-Plakat für die Premiere dieses Werks hängt und frage mich, was für eine vollkommen verrückte Sache ich gerade plane...

Einige Bekannte von mir sowie Hausmeister Otto und der Schulleiter fragen sich bereits seit einem halben Jahr, was es mit dieser mysteriösen Karte in dem verschlossenen Umschlag auf sich hat. Mit Nachdruck wurden sie aufgefordert, sich „einen gewissen Termin" freizuhalten.

Wie sehen die Gesichter von den Leuten aus, die mit allem gerechnet hätten, aber nicht damit, dass genau DER auch noch ein Buch veröffentlicht? Und hat der überhaupt ein Privatleben?

Denn wie verrückt muss man eigentlich sein, dass man freiwillig mehrere hundert Stunden in der Schule verbringt?

Wie verrückt muss man eigentlich sein, dass man den Schulhausmeister bei „Verstehen Sie Spaß?" anmeldet – beziehungsweise sich danach über eine Zusage gefreut hätte?

Und wie verrückt muss man eigentlich sein, dass man im Kleinkindalter Bilder von Einbauküchen und Heimkino-Technik gemalt hat?

Ich muss auch gleich vorneweg meinen provokanten

Titel ein wenig korrigieren. Natürlich habe ich mich auf mein Abitur konzentriert und gelernt, aber – nun ja, sagen wir, wenn eben Zeit dafür war.

Wir alle arbeiten etwa 81.000 Stunden in unserem Leben. Ich habe rund 14.000 Stunden in der Schule verbracht. Ohne mein Engagement über den Unterricht hinaus.

Irgendwann habe ich in meiner Schullaufbahn und den darin enthaltenen ehrenamtlichen Aktivitäten gemerkt, dass es ein emotionales Grundbedürfnis für mich darstellt, für andere einen Beitrag zu leisten.

Und aus diesem Grund habe ich zu den 14.000 Stunden in der Schule noch einmal rund 1.000 ehrenamtliche Arbeitsstunden dazu gepackt. „Arbeits"stunden, (wenn man es so nennen kann) die der Schulgemeinschaft zu Gute kamen – und die vielleicht auch mal den Hausmeister in den Wahnsinn trieben...

Das bin ich

Zum Zeitpunkt des Buchschreibens bin ich rund 18 bis 22 Jahre alt. Ich darf mich noch als Kind der 90er Jahre bezeichnen, kenne noch 3,5"-Disketten, Walkmans, Centershocks und bin früher noch in Sandalen herumgelaufen – Markenkleidung war bei unserer Generation erst noch im Kommen, bzw. war das eher Thema der Vor-Generation. Allgemein waren die

Normen, Werte und Ansichten etwas anders priorisiert – ich wundere mich bis heute noch darüber, dass die Hosen und Shirts, die ich damals trug, mir teilweise einige Zeit später noch viel zu weit und viel zu lang sind. Wie ich da rumgelaufen bin...

Ebenfalls besaß ich, bis ich in die achte Klasse kam, noch kein Handy, geschweige denn ein Smartphone. Mein erstes Handy hatte weder Internetfunktionalität noch die Möglichkeit, Apps zu installieren.

Einen SUV suchte man in unserem Haushalt vergeblich und ich wurde auch nicht jeden Tag mit dem Auto bis vor die Tür der Schule gefahren.

Ich trinke bisher kaum Alkohol, habe noch nie Drogen genommen und bin für mein Alter „geistig immer relativ weit" gewesen (O-Ton meiner Mutter).

Wenn das nicht ist / so gewesen wäre, dann hätte ich die folgenden rund zweihundert Seiten wahrscheinlich nie erleben können – Verzeihung, ohne gleich zu sehr überzeugt von mir selbst klingen zu wollen.

Ich brauche keine PC- oder Videospiele, Partys oder Unmengen an Alkohol, um zufrieden und glücklich zu sein, sondern mir reicht da eher ein ruhiger Abend, an dem ich einfach mal nichts tun kann oder ein Ausflug mit Freunden.

Bis zu dem Zeitpunkt, an dem ich mit diesem Kram, über den ich schreibe, angefangen habe, war ich relativ schüchtern. Auch heute habe ich leider noch ein bisschen davon behalten, manchmal ärgere ich mich darüber.

In Sport, insbesondere Leichtathletik, war ich übrigens eine echte Niete. *(„Lukas, das ist ja eigentlich eine 6. Also, ich geb' dir jetzt mal eine 4-, weil du dich ja immer bemühst."* – Nein, geben Sie mir doch ruhig die 6, ich kann es halt nicht. Sie können ja auch nicht alles!) Infolgedessen war ich immer heilfroh, wenn der Sportunterricht vorbei war.

In die Schule bin ich grundsätzlich immer gerne gegangen, vor allem wegen der außerschulischen Aktivitäten, wie im Buch beschrieben. Unterricht war eben ein notwendiges Übel, aber eine gute Gelegenheit, sich über organisatorische Dinge mit Lehrkräften oder Mitschülern abzusprechen. *(Im Unterricht der Lehrerin, die die Musical-AG betreut hat: „In Musik müssen wir sie unbedingt fragen, ob schon ein Aufführungstermin feststeht und ob sie wieder eine Nebelmaschine haben möchte!")*

Ich als weniger stolzes Einzelkind (Geschwister hatte ich mir manchmal gewünscht) war immer etwas... anders (Grundschule, Sitzkreis in der zweiten Klasse, Einführung der Umlaute – ich: *„Ja, also das Ä kann man auch als A-E schreiben"* – Lehrerin: *„Ui, so weit sind wir ja doch noch nicht.")*

Kamen niveaulose Diskussionen zustande oder entfaltete sich mal wieder die jugendliche Generation zu stark *(„Verpiss dich, digga")*, hielt ich mich da raus. Und, um die Generation Z dort abzuholen, wo sie sich befindet: Safe, digga.

Im Normalfall lag diese Schublade weit unter meiner. Streber oder Außenseiter war ich allerdings nie. Streber schon gar nicht, denn dafür war ich zu faul.

Überraschung...

...für Hausmeister Otto.
Auf Dein Buch warte ich noch!

...für meinen ehemaligen Schulleiter.
Sie hatten da schon einen Verrückten am Hals...

Nein, ich habe dieses Buch **nicht** nur aus dem Grund geschrieben, weil ich Ihre erstaunten Gesichter sehen wollte!

...und für alle da draußen, die meine einzigartigen Geschichten kennen lernen möchten.

Alle in diesem Buch beschriebenen Situationen basieren auf Ereignissen bzw. Erlebnissen, die sich tatsächlich so abgespielt haben.

Zur Wahrung der Persönlichkeitsrechte habe ich die Namen aller genannten Personen sowie Orte im Buch geändert bzw. unkenntlich gemacht.

Lukas Neumann

...und nebenbei noch Abitur

*Überraschende Geschichten
aus einem ungewöhnlichen Schulalltag.*

Mit Gastbeiträgen von
Nils Malewski.

…und man meinte zu mir:

**Du hast doch einen an der
Waffel** 🤓

19:26

Bibliografische Information der Deutschen Nationalbibliothek:
Die Deutsche Nationalbibliothek verzeichnet diese Publikation
in der Deutschen Nationalbibliografie; detaillierte bibliografische Daten sind im Internet über dnb.dnb.de abrufbar.

© 2020 Lukas Neumann
Cover: KLEINFormat Media, Marius Klein
Weitere Mitwirkende: Nils Malewski

Herstellung und Verlag:
BoD – Books on Demand, Norderstedt

ISBN: 978-3-746096070

Es reicht doch, wenn man drei Wochen vorher anfängt, fürs Abi zu lernen. Bis dahin musste ich ja auch noch die Organisation von Weihnachtsball und Abiturfeier im Auge behalten, außerdem standen noch fünfzehn andere Dinge beim Schulleiter an. Und der Rasen wollte auch noch gemäht werden, ich wollte eigentlich die Garagenlampe auf LED-Technik umrüsten, mich im Internet über die neuesten Smart-Home-Trends informieren und zu guter Letzt auch noch meine Heimnetzwerk-Verkabelung ändern... und eine Datensicherung wäre auch mal wieder fällig.

Hobbys habe ich grundsätzlich auch, tatsächlich stand und steht die Organisation von schulischen Veranstaltungen im Vordergrund. Wenn Zeit bleibt, pflege ich als Ausgleich das Training im Fitnessstudio. Heim- und handwerkeln ist auch super.
Mit allem rund um Unterhaltungs- und Gebäudetechnik kann man mich begeistern, immerhin haben mich schon in der Grundschule die Schlüsselschalter für die manuelle Betätigung des elektrischen Rauchabzugs-Fensters halbwegs interessiert.
Übrigens staune ich auch immer wieder über sehenswerte Show- und Lichttechnik.
Also, Fußball, Zocken und Shisha rauchen können Sie gleich von Ihrem Erwartungshorizont streichen. Das wäre zu normal, denn ich bin ja auch eine Frühgeburt.

Früher habe ich mir selbst am Computer meines Großvaters den Umgang mit Textverarbeitungs-Programmen beigebracht, sodass recht schnell „Fantasie-Firmenschilder" an meiner Zimmertür hingen. Meine Kreativität reichte anfänglich von „Neumann-PC" bis hin zu „Neumann Computertechnik & Büroservice". Zu solch einem Konzept gehörte natürlich auch eine entsprechende E-Mail-Adresse. Die von meiner Mutter nach langem kreativem Überlegen angelegte Adresse mit dem Anfang „luckyone" hatte ich ziemlich schnell in Ruhestand geschickt und mich mit „neumanncomputer1" angemeldet.

Was glauben Sie, wie froh ich war, als das ganze endlich Hand und Fuß bekommen hatte und ich mit 18 Jahren endlich ein Kleingewerbe und eine eigene Domain anmelden konnte!

An meiner „alten Schule", also dem Gymnasium, was ich besuchen durfte, habe ich neben den im Buch beschriebenen zahlreichen Veranstaltungen auch mal – zusammen mit diversen Freunden – eine Computer-Arbeitsgemeinschaft geleitet. Diese war für Schülerinnen und Schüler der Klassenstufen sieben und acht ausgelegt und sollte einige Grundfertigkeiten im Umgang mit dem PC vermitteln.

In manchen Dingen bin ich perfektionistisch veranlagt. Eine (teilweise) von mir betreute Veranstaltung muss fast perfekt laufen, auch wenn sie im Rahmen einer Technik-AG von 98 Prozent Amateuren organisiert und getragen wird. Meine Messlatte lag und liegt immer noch hoch, was nicht immer alle Mitmenschen mittragen und unterstützen, aber für mich und viele aus der Technik-Crew macht es ja auch die Erfahrung aus.

Ich bin absoluter Visionär und überzeugt davon, dass derjenige, der an sein Ziel glaubt, egal wie besonders, es auch erreichen kann und einen Weg findet, wenn er alles dafür gibt.
So hat es zumindest mal ein guter Kollege von mir, den ich bis heute bewundere, als Leitsatz formuliert.
Schon früh hatte ich vor, selbstständig zu werden, irgendwann tauchte auch mal der Wunsch auf, anderen von meiner besonderen Geschichte und meinem verrückten Leben zu erzählen. Und so entstand dieses Buch. Vielleicht kann ich hiermit ja einige junge Menschen inspirieren.

Im Übrigen sei noch erwähnt, dass ich über die im Buch beschriebenen Erlebnisse hinaus, die mit schulischen Veranstaltungen zusammenhängen, noch bei einigen weiteren, außerschulischen Events mitgewirkt habe. Über diese jedoch auch noch ein paar Worte zu verlieren, würde den Rahmen sprengen.

Die Schule

Werfen wir, bevor ich loslege, noch einen kurzen Blick auf die Schule an sich, an der ich achteinhalb Jahre meines Lebens mehr oder weniger gezwungenermaßen verbrachte und zu der ich natürlich auch

zum jetzigen Zeitpunkt noch Kontakt halte.
Denn:

- Denkt man sich meine E-Mails aus deren Postfach weg, könnten sie ihre Server bestimmt kleiner dimensionieren.
- Denkt man sich die Zahl der von mir bzw. der Techniktruppe eingereichten Barvorlagen und Rechnungen für Technik weg, dann stände bestimmt ein Aktenordner weniger im Sekretariat.

Natürlich arbeite ich in diesem Buch des Öfteren mit stilistischen Mitteln, aber die Kernaussage entspricht im weitesten Sinne den Ereignissen.

Die Bildungsanstalt irgendwo im Rheinland bestand zu meiner Einschulungszeit aus ca. 850 Schülerinnen und Schülern, in rund zehn Jahren hat sich diese Zahl um ungefähr 200 reduziert.

Etwa 60 Lehrkräfte zählten dazu, nebst zwei bis drei Sekretärinnen und einem Hausmeister. Der darf natürlich keinesfalls vergessen werden, denn er ist einer der Hauptakteure in diesem Buch.

Ich werde im Laufe meiner Erzählungen noch einmal auf seine Persönlichkeit eingehen und hoffe, Sie verstehen plattdeutschen Dialekt aus dem Rheinland, denn teilweise musste ich ihn unbedingt in seiner fast originalen Aussprache zitieren.

Wenn der Hausmeister verhindert war, besorgte man trotz größter Personalnot im Umkreis eine Fachkraft einer anderen Schule, die auf- und zuschloss, bzw. es zumindest tun sollte, soweit diese nicht durch leere

Autobatterien aufgehalten wurde. Das war jedoch nicht weiter schlimm, mein Kollege Nils und ich waren in solchen Situationen meist durch Zufall anwesend und übernahmen den Schließservice oder zumindest dessen Organisation.

Ebenso gab es noch diverse andere Funktionäre der Schulleitung und Verwaltungsbereiche, so, wie es sie an zwei Dritteln deutscher Schulen gibt.

In dieser Bildungsanstalt war es traditionell so, dass der Abiturjahrgang im Wesentlichen zwei Veranstaltungen für die Schulgemeinschaft auf die Beine stellte. Da gab es zum einen den Musikabend, an dem man ein rund zweistündiges musikalisches oder kulturelles Programm darbot.
Zum anderen veranstaltete man einen Weihnachts-„Ball". Rein sinngemäß würde es der Titel „Weihnachtsfeier" jedoch besser treffen, da die Quote der Balltänzer im Bereich unter einem Prozent lag, obwohl immer kurz zuvor die neunten Klassen einen Tanzkurs besuchen konnten. Stattdessen war es eine normale Weihnachtsfeier mit musikalischen Beiträgen, einer Tombola und – seit meinem Abiturjahrgang – auch einem DJ. Verkauft wurden logischerweise Getränke von A bis Z, selbstverständlich ausgenommen Hochprozentigem und man organisierte einen Caterer, der ein warmes Speisenbuffet auftischte. Salate und Nachtische wurden durch die Schülerinnen und Schüler bzw. deren Eltern gesponsert.

Die über die Jahre entstandene Technik-Crew betreute darüber hinaus auch Schulfeste, Theater-/Musicalaufführungen, Weihnachtsgottesdienste, Bundesjugendspiele, Abiturfeiern, Abi-Streiche und alles andere, was sonst noch anfiel.

Das waren dann meist Kleinigkeiten wie Podiumsdiskussionen oder einzelne Aufführungen, die unbedingt perfekt sein mussten, weil man sie dreißig gerade aus dem stickigen Reisebus gestiegenen Japanern im Rahmen des Schüleraustauschs vorzeigen wollte.

Über solche „kleineren Aufträge" verliere ich in diesem Buch eher weniger Worte. Spektakulärer waren meist Veranstaltungen anderer Dimensionen.

Abi-Streiche wurden logischerweise überwiegend heimlich organisiert, weil der Schulleiter natürlich erst etwas von aufgetürmten Tisch-Mauern und Stinkbomben mitbekommen sollte, wenn es schon zu spät war.

Dass eine Schule die Durchführung solcher Veranstaltungen unterstützt, ist nicht unbedingt selbstverständlich.

In dieser Hinsicht konnten alle am Schulleben Beteiligten froh sein, dass ein Schulleiter über ihnen war, der das ganze Spektakel auch mitmachte.

Insbesondere wir als Technik-Crew profitierten das ein- oder andere Mal von übrig gebliebenem Geld aus dem Haushalt und bekamen mal einen größeren Wunsch genehmigt. Wenn wir eine Sache, trotz wechselnder Belegschaft, gut konnten, dann war das eindeutig das Verfassen von Wunschzetteln und Technik-Konzepten. Das ging immer, bei mir übrigens auch samstagsabends oder -nachts bei einem Kaltgetränk.

Alles in allem war also das verrückte „Irrenhaus" mit all seinen einzigartigen Persönlichkeiten Voraussetzung dafür, dass ich über ein solches Spektakel ein Buch schreibe.

Anbei sei noch erwähnt, dass ich in diesem Buch nicht alle meine Erlebnisse bis ins Detail aufzählen kann – hauptsächlich aus dem Grund, weil ich sie mir gar nicht alle habe merken können

Und nun wünsche ich Ihnen viel Spaß mit diesem besonderen Buchstabensalat!
Aber mit welchen Worten sollte ich dieses Buch beginnen? „Montagabend, 19:43 Uhr... die 1087. E-Mail" (nein, kein Zahlendreher) – oder „es klopfte – Herr Bauer trat in ‚mein Büro' der Schule"? Also mittendrin im Geschehen? Oder viel grundsätzlicher? Einschulung? Filmschneiden mit meinem Laptop in der siebten Klasse? Augenblick mal ... in der siebten Klasse?

Der frustrierende Imbiss-Artikel

Fangen wir ein wenig früher an, bevor der tatsächliche Funken überhaupt gezündet wurde:
Erste Begegnungen mit ehrenamtlichem Engagement

hatte ich in der sechsten Klasse, als ich mehr oder weniger kurzerhand beschloss, an einem Freitagmittag in den Raum der Schülerzeitungs-AG[1] hereinzuplatzen. Alleine. Immerhin besuchte ich sonst keinerlei außerunterrichtlichen Angebote und auch privat war ich noch nie in z.B. einem Verein aktiv. Außer im Kinderturnen ganz früher, aber diese Geschichten packe ich lieber gar nicht erst aus...

Meine Mutter wollte mich lange Zeit dazu zwingen, der Ruder-AG beizutreten, weil ich damals noch keinen regelmäßigen Sport betrieben hatte, das konnte ich ihr aber dann doch irgendwie ausreden.

Egal. Da ich wie bereits erwähnt sehr schüchtern gewesen war, fühlte ich mich bei der Schülerzeitungs-Sache etwas unwohl. Zudem war mein Ranzen schwer, es war Freitag und der Ort des Treffens befand sich im dritten Stock. Übrigens waren nur viel ältere Leute als ich dabei, die Chefredakteurin besuchte die Jahrgangsstufe 12.

Etwa sechs andere Personen saßen also neben mir an einem ovalen Tisch, in dem durchaus renovierungsbedürftigen Raum im Altbau der Schule und ich wurde gefragt, warum ich meine, in das Team der Schülerzeitung zu wollen.

Einen Steckbrief hatte ich angefertigt und so begann ich, ihn vorzulesen, mit der Kernaussage: Ich bin hier dabei, weil ich sehr kreativ bin. Das erhoffte Raunen

---

[1] AG = Arbeitsgemeinschaft; freiwilliges Aktivitätsangebot der Schule in der Freizeit

oder Klatschen entfiel, stattdessen eröffnete der betreuende Lehrer die Gesprächsrunde.

Im Laufe der Wochen war noch eine Mitschülerin dazu gestoßen und uns wurde die Aufgabe auferlegt, die Qualität der örtlichen Schnell-Imbisse und Dönerbuden zu testen. Wir machten uns also auf und bestellten an einem Nachmittag bei rund fünf verschiedenen Läden eine kleine Menge Pommes frites und meist eine Portion Kebap-Fleisch – welches ich übrigens bis heute sehr gerne zu mir nehme.

Der Artikel, den wir zu diesem Thema verfasst hatten, wurde nur leider nie abgedruckt und die Schülerzeitungs-AG wurde kurze Zeit später beerdigt, weil der betreuende Lehrer die Schule verließ.
Wunderbar. Es war auf jeden Fall lecker, aber das war dann wohl ein Satz mit X. Da musste ich mir etwas Neues suchen.

Fußball-AG? Handball-AG? Hilfe. Lieber nicht, bei Ballsportarten blamiere ich mich ja nur.
Ich weiß nicht, wie meine Mutter es geschafft hat, aber eines Tages saß ich tatsächlich mal gelangweilt auf einer Turnbank in der Sporthalle und hatte der Handball-AG zugesehen. Ich sollte doch mitmachen, meinte mein Sportlehrer zu mir...
Nein, das ist einfach nicht mein Fall.
Schon gar nicht mit meiner Figur, denn damals war ich – nennen wir es „für den Winter gut gerüstet".

Homepage-AG? Au ja, auf jeden Fall. Nur leider war diese ab Klassenstufe 8 und wurde zum Zeitpunkt meiner großen Chance, nämlich zwei Jahre später, auch aufgelöst. So ein Mist.

Theater-AG? Nein, da musste ich auf der Bühne stehen, um Gottes willen. Halt! Die brauchen doch auch Leute hinter den Kulissen...

Der zündende Funke

„Sag mal, habt Ihr Ahnung von Technik?" Ich grinse verschmitzt. Natürlich hatten wir das. Sehr wohl hatten wir das – immerhin saß ich bereits mit vier Jahren am Computer und habe mit einem Freund auf eigene Faust erkundet, wie man eine Musik-CD an der Maschine des beginnenden 21. Jahrhunderts abspielte.

Es war im Frühjahr 2011 und ich war mittlerweile in der siebten Klasse, als mich meine damalige Deutschlehrerin fragte, ob wir (ein Kumpel und ich) Ahnung von Technik hätten. Sie plante mit der Arbeitsgemeinschaft Theater, in der einige Mitschülerinnen und Mitschüler meiner Klasse vertreten waren, Shakespeares „Sommernachtstraum" aufzuführen. Man muss dazu sagen, dass das Theaterwesen bis kurz vor meiner Einschulungszeit an der Schule einen sehr hohen Stellenwert hatte. Kurz zuvor war diese Tradition jedoch eingebrochen, da eine engagierte Lehrkraft die Schule verließ und nun quasi Ebbe herrschte, was die Theaterkultur anging.

Ja, wir hatten Ahnung von Technik – um es grob zusammenzufassen – bisher nur von Computern und dazu ein bisschen von Routern, von Beamern und vom Internet. Das Wissen brachten wir uns, trotz unseres zarten Alters, alles selbst bei.

Jetzt ging es jedoch nicht mehr um das Erstellen eines Dokuments, sondern um die technische Unterstützung einer Theateraufführung. Was jetzt? Mein Freund und ich hatten nicht lange gezögert und sofort zugesagt. Kann ja nicht so schwer sein.

Was dieser zündende Funke auslöste – dazu war ich damals noch gar nicht in der Lage, das zu überblicken, geschweige denn es mir in irgendeiner Art und Weise vorzustellen.

Seit dem Frühjahr 2011 waren viele Steine im Rollen gekommen – bestimmt auch lawinenartig – und zwar über viele Jahre hinweg. Ich will nicht sagen, dass diese Entwicklung ein Ende hat oder hatte.

Momentan, beim Schreiben dieses Absatzes, ist es Ende Juni 2016, ich stehe kurz vor dem Wohnortwechsel, da ich am 18. Juli ein Praktikum im Schwarzwald anfange und ab dem 1. Oktober studieren gehen werde (bzw. werden sollte).

Ein Ende wollte ich mir nie ausmalen. Viel zu oft hatte ich das Gefühl, dass „das alles nie aufhören darf"...

Aber zurück zur chronologischen Ordnung.
Schauplatz: Irgendwo im Rheinland. Schule. Aula.

Wir betrachteten die Betreuung dieser Veranstaltung als keinerlei große Herausforderung, schließlich wussten wir noch nicht, was auf uns zukam. Beziehungsweise: Wir wussten zu wenig. Um nicht zu sagen: Gar nichts. Damit meine ich natürlich das technische Knowhow rund um die Veranstaltungstechnik, oder um es kurz zu sagen:

Wie gehen eigentlich diese Scheinwerfer an, die in der Aula an der Seite hängen? Und wann läuft Musik, wo schließe ich meinen Laptop an diesem großen schwarzen Kasten an?

Nach kurzer Schlussfolgerung hatten wir ein großes Bündel voller Stromkabel mit Steckern entdeckt, welche aus einem Leitungskanal aus der Wand herausragte. Dies war eigentlich der erste große Meilenstein, wenn es ums Entdecken ging. Eigentlich eine relativ simple Sache.

„Jungs, ich habe hier den Generalschlüssel, sollen wir mal gucken gehen, ob wir Technik finden?"

Unsere Deutschlehrerin hatte sich auf unser Anliegen hin den Hauptschlüssel der Schule ausgeliehen, um zusammmen mit uns auf eigene Faust das Schulgebäude nach brauchbarer Technik und Theater-Requisiten zu erkunden. Gemeinsam klapperten wir also zunächst die Musik-Materialräume ab, erfolglos. Neubau-Speicher: Negativ. Auf dem Speicher des Zwischenbaus entdeckten wir lediglich einen Kleiderständer und verdreckte Schauspieler-Kostüme. Ach ja, richtig, dieser Speicher wurde „Theaterfundus" genannt – ob er diese Bezeichnung verdient hat?

20

Als wir aus der Tür zum Speicheraufgang, die übrigens mit dem Raumschild „Speicher / Keller" (Was denn jetzt?) beschriftet ist, herauskamen, standen wir schräg über dem Luftraum der Aula. Hier musste irgendetwas sein. Nächste Tür – und siehe da, eine verstaubte Apparatur von alter Regietechnik. 110-Volt-Steckdosen und ein Bedenken aufgebendes Summen aus dem Bedienfeld heraus verrieten, dass diese Technik eher nicht dem Stand der Zeit entsprach und vielleicht doch eher außer Betrieb gesetzt werden sollte, zumal die optische Erscheinungsweise an das Ende der 70er-Jahre erinnerte. Das angebrachte Firmenschild verriet den Anlagenbauer, der jedoch nach meiner Internetrecherche gar nicht mehr existierte.

Schön und gut, aber es war nur ein Bedienfeld für die Aula- und Bühnentechnik, die uns jedoch nicht weiterhalf. Das konnte es doch nicht sein! Irgendwo musste diese Schule doch brauchbare Technik gebunkert haben. Technik, die die Theater-AG zuvor auch noch benutzt hat und die nicht an Stummfilme in Grautönen erinnerte.

Wir gingen hinunter in den ersten Stock und entschieden uns, im Verwaltungstrakt hinter der Aula beim Bühnenaufgang nachzusehen. Hier lagen einige Lehrerbüros, eine Etage darüber wurden wir fündig. In einem engen Flur, den selbst manche Lehrkräfte nicht kannten und den Schüler mit der Bemerkung „Ach, hier oben ist auch noch was?" kommentierten. Neben dem damaligen Schülerzeitungsraum befand er sich – der Raum 330.

Als wir aus logischem Denken heraus es hinbekommen hatten, ein paar Scheinwerfer anzusteuern und auch Musik abzuspielen, war die Freude bei unserer betreuenden Lehrkraft groß. Zwar hatten wir damals noch Angst, die Kraftstromstecker der Lichttechnik in die Steckdosen zu stecken, aber das legte sich schnell. (Ich als mittlerweile angehender Elektroniker lache heute laut darüber)

Wir haben zu dieser Zeit das gemacht, was wir machen konnten, haben das ermöglicht, womit wir uns auskannten. Wir waren zufrieden mit dem, was da war – aber auch nur, weil wir damals nichts anderes kannten.

Im Laufe der Probenzeit zu „Sommernachtstraum" hatte ich einen guten Freund und Kollegen kennen gelernt, der Inhaber eines DJ-Büros war und Veranstaltungstechnik vermietete. Zusammen mit meiner Deutschlehrerin habe ich mit meinen zarten 13 Jahren damals eine Nebelmaschine für die Theatervorstellung bei ihm abgeholt. Ein anderer Freund hatte Funkmikrofone sowie ein Tonmischpult organisiert.

Im Laufe des Jahres 2012 bekamen wir eine erneute Anfrage, dieses Mal von der Theater-AG der Oberstufe, ob wir bei ihren Vorstellungen mithelfen wollten. Ein älterer Schüler hatte damals noch die Oberhand über die Technik und kannte sich gut aus. Einen Lehrer, der sich auskennt, gibt es seit all den Jahren nicht.

Nicht zuletzt war das ein Grund, mal kräftig aufzuräumen und sich einen Überblick über die Schultechnik zu verschaffen.

Als dieser Schüler die Schule verließ, weil er sein Abiturzeugnis in der Hand hielt, wurde es schnell still. Keiner hatte den Überblick über vorhandene Technik, keiner kannte sich richtig aus, keiner war verantwortlich und keiner wollte verantwortlich sein.
Gut nur, dass in den Probephasen zu „Sommernachtstraum" eine Lehrkraft Initiative ergriff und ein wenig Präsentationstechnik in der Aula installieren ließ – Hauptbestandteil davon: Eine halbwegs vernünftige Musikanlage, die wir schnell überblickten.
Ihn gab es also, den Lehrer, der zumindest diese Initiative ergriffen hatte. Nur hatte er keinen blassen Schimmer von Veranstaltungstechnik. Und wir keinen Schlüssel zur Musikanlage.

Wir machten uns also auf und sahen uns den neu entdeckten Raum 330 genauer an – und um es kurz zu fassen: Eine blanke Katastrophe, wie sich herausstelle. Zusammengewürfeltes Equipment, keiner weiß, wozu es diente. Unter Anwendung des gesunden Menschenverstandes beschlossen wir, es „Müll" zu nennen. Etwa ein halbes Jahr lang kamen wir mit dieser Technik mehr oder weniger gut zurecht. Bis die Beschwerden und Internetrecherchen anfingen.
Was es heutzutage alles gibt! Fazit: Modern war hier nichts, sondern uralt. Alles.

Langsam fingen wir an, die Ursache für das Brummen, Surren und Knistern in der Tonanlage auf die uralte Technik zu schieben. Uns wurde bewusst, dass etwas geschehen musste. Sofort. Wir zogen unseren Schulleiter zu Rat. *„Schmeißt das weg. Wenn's nicht mehr gebraucht wird, weg."* Ich glaube, das war der erste Austausch mit unserem Schulleiter, der über die technische Ausstattung geführt wurde. Ein Gespräch von mehreren hunderten, die noch folgen sollten.

„Ach ja, hier hast du noch die Schlüssel!" Unser Technikkollege schmiss mir einen kleinen Schlüsselbund entgegen. Es war ein heißer Sommermittag, als ich die Schule verließ, morgen sollte der Tag der offenen Tür stattfinden. Wir hatten bei unseren Forschungen in einem Raum am anderen Ende der Schule noch eine Musikanlage der Big-Band gefunden, die wir für diesen Tag aufstellen wollten, weil die Musical-AG etwas vorführen wollte. Der Schlüssel zur Anlage hat uns noch gefehlt.

Der ehemalige Techniker, der sein Abi in der Tasche hatte, übergab einem Kollegen aus unserem Jahrgang also seinen Technik-Schlüsselbund. Wir wussten davon nichts – und so tappten wir im Dunkeln. Übrigens hatte auch keiner einen Überblick über die kleinen silbernen Dinger. So fuhr ich nach kurzem Gespräch im Sekretariat am darauffolgenden Wochenende in die Stadt und ließ alle Schlüssel zu den technischen Gerätschaften nachmachen. Dem Schulsekretariat hatte ich eine Liste gegeben, damit diese einen

Überblick hatten, welche Schlüssel wo im Umlauf waren und sie vor allem auch selbst mal einen kleinen Bund zum Verleihen ausgeben könnten, wenn jemand die Technik nutzen will. Mitgedacht – gemacht!

Zu dieser Zeit wurde nicht nur eine neue Musikanlage in der Aula, sondern auch eine neue digitale Lautsprecheranlage mit Pausengong im Schulgebäude eingebaut. So kam es, dass wir eines Freitagnachmittags nach einer Probe der Theater-AG das Gelände verließen und auf einmal furchtbare Schlagermusik in nicht unwesentlicher Lautstärke über die äußerst schäbig klingenden Druckkammer-Lautsprecher auf dem gesamten Außengelände zu hören war. Ich musste laut lachen. Der Test hatte auf jeden Fall funktioniert.
Das Raunen auf dem Hof am Montag danach war übrigens groß, denn übers Wochenende ging die neu montierte Anlage in Betrieb. Statt einer schrillen Klingel ertönte ab jenem Montagmorgen ein sanfter 4-Klang-Gong, der bei der Schülerschaft noch als äußerst ungewohnt ankam.

Während der Stein ins Rollen kam, befand ich mich mit meinem Freund Jonas auch in Vorbereitungen für unsere Computer-AG, die wir damals geleitet haben. Stimmt, das habe ich ja auch noch gemacht. Zusammen erstellten wir Skripte, eigene Arbeitsblätter und auch Prüfungen für die Schülerinnen und Schüler, die abschließend einen „Computerführerschein" erhalten sollten. Wir hatten diese AG zwei Jahre lang angeboten, bis schließlich die anderen Aufgaben auf uns warteten. Aber wir hatten jemanden kennengelernt, einen Technik-Freak, der auch zu uns wollte. „Zu uns" – das hört sich bescheiden an. Wer waren wir überhaupt? Wir waren bis dato nur zwei Schüler, die vor kurzem uralte Technik entsorgt hatten und anfingen, uns in die Veranstaltungstechnik einzulesen. Wir waren kein „Team" – noch nicht.

Im Rahmen der Computer-AG kristallisierte sich heraus, dass ein Mitschüler aus meiner Jahrgangsstufe, Nils, ebenfalls ähnlich verrückt tickt wie ich, woraufhin die Organisation und Mitbetreuung von Veranstaltung oft zusammen mit ihm stattfand. Zu erwähnen ist, dass Nils kein Mitglied der Technik-Crew war oder ist. Die meisten Geschichten in diesem Buch erlebte ich mit ihm zusammen, aus diesem Grund hat er ein paar Gastbeitrage für dieses Buch verfasst.

Hallo Lukas,
habe Dein/euer Konzept gelesen – sag' mal, habt ihr das komplett selbstständig verfasst????? Hut ab!
Es ging also los. Ich schrieb unserem Medienbeauftragten, der die Präsentationstechnik für die Aula angeschafft hatte, eine kurze Mail und verdeutlichte die Situation der uralten Technik und fragte nach, ob Mittel für Neuanschaffungen zur Verfügung standen.
Lieber Leser, wir, zwei junge Schüler, haben uns gedacht, dass das doch alles ziemlich einfach vonstattengehen müsste. Wird halt gebraucht, wird bestimmt gekauft.

Kurzes Gespräch, Einkaufszettel schreiben, Geld da, neue Technik. Fertig.

Pustekuchen!

Wir hatten also angefangen, eine Präsentation anzufertigen, die eine zeitgemäße Minimalausstattung an neuer Technik erläutert.

Diese wollten wir den Leitern der Musik- und Theater-Arbeitsgemeinschaften sowie dem Schulleiter vorstellen.

Ich sehe nach dem Änderungsdatum der Datei „vortrag.pptx" *im Ordner „Konzepte" nach.* Es war April 2013. Auf der Titelfolie prangert der Schriftzug „Für die Schulgemeinschaft".

Es war an einem Mittwoch nach der Mittagspause, als ich die Aula betrat und selbstständig die Technik für die bevorstehende Präsentation vorbereitete. Mein Freund Jonas wollte auf keinen Fall vor ein paar Lehrern präsentieren. Also ich.

Was wir jedoch in diesem „Meeting" besprachen, lieferte keine konkreten Ergebnisse. Beziehungsweise Erkenntnisse – es gab ein Konzept und nun musste irgendwie etwas erreicht werden. Wie sich herausstellte, war diese ganze Aktion sehr zäh.

Ich habe gerade nachgesehen, wann die Korrespondenz mit Schulleitungsmitgliedern sowie Lehrkräften in meinem E-Mail-Postfach begonnen hat: Januar 2013. Was sich in den darauffolgenden drei Jahren alles ereignet hat, ist unfassbar.

Jedenfalls wurde unser Konzept zu Hauf überarbeitet und es begannen Telefonate, in denen ich Firmen anrief, um Angebote einzuholen.

Die Summe belief sich auf etwa 8000 €, sodass erst drei verschiedene Angebote eingeholt werden und die örtliche Schulbehörde den Antrag der Schule genehmigen musste.

Musical 2013 – die Vorbereitungen

„Ich habe hier das perfekte Angebot!"
Ich stand breit grinsend und mit einem Blatt Papier winkend im Türrahmen meines Klassenraums, als die betreuende Lehrkraft der Musical-AG in einer kleinen Fünf-Minuten-Pause vor mir stand. Es ging um die technische Betreuung der geplanten Musicalaufführungen – drei hintereinander an zwei Tagen. Mammutprojekt – zumindest das aufwendigste, was wir zu diesem Zeitpunkt hatten.

Ein paar Wochen zuvor hatten wir uns in der Technik-Truppe den Kopf darüber zerbrochen, wie wir diese Aufführungen mit möglichst wenig finanziellem Aufwand betreuen sollten. Schließlich ging es um ein paar Lichteffekte, bunte Strahler und vor allem funktionierende Funkmikrofone, die verdammt teuer waren.

Wir kannten damals niemanden, der Veranstaltungstechnik vermietete, bis jemand von einem Kollegen aus der freiwilligen Feuerwehr berichtete, der Karnevalssitzungen im Nachbarort technisch betreute.

In ein paar Chats haben wir uns überlegt, was wir

brauchen und was er uns vor allem sonst noch anbieten kann, wir hatten ja keinen blassen Schimmer – zumal unsere uralte Lichttechnik ein paar Wochen zuvor im Elektroschrott entsorgt wurde und daher Ersatz hermusste. Wir hatten also ein Angebot organisiert, welches ich nun an die Musical-AG weiterleiten wollte.

„ZWEIHUNDERTSIEBZIG EURO?" Der Lehrerin, die mir gegenüberstand, stand der Schock ins Gesicht geschrieben. Ich musste in diesem Moment den Ernst der Lage verdeutlichen, dass dies kein Dauerzustand sein kann und die Schule hoffentlich bald selbst diese Technik haben wird. Das kann leider nur noch dauern... Ja, wir geben ja schon unser bestes!

Glücklicherweise hatte ich damals ein paar LED-Strahler sowie Effekte von meinem Kollegen kostenfrei zur Verfügung gestellt bekommen. Ich befand mich im Frühjahr 2012 in seiner Firma zum Praktikum, nachdem wir schnell ein freundschaftliches Verhältnis aufgebaut hatten, über das ich in den Jahren danach sehr froh war.

Ebenso hatte ich durch ihn die Stadthalle in meinem Wohnort näher kennengelernt, auch den Hausmeister, mit welchem ich schnell per du war. Auch er war eine der Personen, die uns bei den Veranstaltungen, die wir mit der Technik-Crew in der Stadthalle betreut haben, immer unterstützt hat.

Der Gong

Hatten Nils und ich jemals erwartet, dass an dem Tag nach den beiden Prüfungstagen zum mündlichen Abitur der Schulgong ertönte? Natürlich nicht.
Warum?
Die Antwort ist ganz einfach, weil die Vergesslichkeit deutscher Schulhausmeister eventuell zugenommen haben könnte und die Erfahrung der Vorjahre dies zeigte.
Otto hatte den Gong für die Prüfungstage manuell ausgestellt, jedoch vergessen, ihn pünktlich zu aktivieren.
Grinsend standen wir um 07:44 Uhr im Schulgebäude und starteten bereits die Wette. Es ertönte natürlich kein Klingelzeichen. Alle anderen Schülerinnen und Schüler bekamen natürlich nichts mit und wären weiter unten in den Pausenhallen geblieben, wenn nicht einige wenige trotz scheinbarem Tiefschlaf die Initiative ergriffen hätten.

Ein eigener Rückzugsort

Im Frühjahr 2013 entwickelte sich auch noch eine Schülerzeitung an unserer Schule. Ich erinnere mich – zusammengefasst – an ein Auf und Ab. Das Projekt Schülerzeitung will ich in diesem Buch nicht ausführlicher erwähnen. Wir haben es jedoch geschafft, für eineinhalb Jahre eine seriöse Zeitung auf die Beine zu stellen, für die ich eine Homepage entworfen und administriert hatte – ebenso kümmerte ich mich oft um das Layout, teilweise mit Unterstützung eines Klassenkameraden. Auch dieses Projekt fraß sehr viel Zeit, zumal die Redaktionssitzungen eher weniger produktiv waren. Manchmal war die Arbeit zu frustrierend, um mit Spaß und Freude weiter zu machen, bis sich schließlich keiner mehr fand, der der Redaktion beiwohnen wollte.

Was wir jedoch erreichten, war, dass das Reinigungspersonal aus dem engen SV-Raum auszog und so ein großzügiges Areal für die SV (gleich Schülervertretung, auch SMV genannt) und für uns als Schülerzeitung entstand. Mit elektrischen Jalousien, Internetanschluss und Sofa. Zusammen mit der SV hatten wir den Raum vernünftig eingerichtet und man fühlte sich schließlich auch wohl. Seitdem ich zum Chefredakteur gewählt worden war, gelangte ich ebenso zeitweise in den Genuss eines Raumschlüssels, sodass ich jeden Morgen die Gelegenheit hatte, in aller Ruhe die dicke Winterjacke dort abzulegen und um mich bei Bedarf einige Minuten zurückziehen zu können. Diese Rückzugsmöglichkeit hatte mir dann doch irgendwie sehr viel bedeutet...

Kurzer Einblick: Theatervorstellungen

...irgendein Abend unter der Woche, die Scheinwerfer strahlten kaltblaues Licht auf den Vorhang, es läuft laute Partymusik und zwei Schauspieler krabbelten nervös aus dem Souffleusen-Kasten heraus, der in den Bühnenboden integriert war. (Länger als 30 Sekunden konnte man sich in ihm jedoch nicht aufhalten, weil die Luft den Umständen entsprechend unangenehm war. Außerdem lag dort unten Müll und Unrat der letzten 30 Jahre herum.)

Dies war der Anfang eines von einem Schüler selbst geschriebenen Theaterstücks und wir hatten bei der Anfangsszene sichtlich Spaß, die Musikanlage in der Schulaula aufzudrehen.
Theatervorstellungen hätte ich mir in meiner Laufbahn öfters erwünscht, dies sollte leider die vorletzte Produktion der Theater-AG sein, die ohnehin schon knapp besetzt war.

Lange Zeit hatte an der Schule eine wirkliche Theatertradition geherrscht, man unternahm Ausflüge nach Berlin zu Preisverleihungen und Nominierungen, seit Beginn des 21. Jahrhunderts und insbesondere zu meiner Schulzeit sank das Interesse der Schülerschaft stark.
Schade.

Kurzer Einblick: Projektwoche 2014

In dieser Projektwoche hatte ich zusammen mit drei Kumpanen ein Radioprojekt veranstaltet, welches mit Amateurmitteln ein paar musikalische und redaktionelle Sequenzen produzierte und am Schulfest selbst „live auf Sendung" ging.
Als Besonderheit wurden zwischendurch immer wie-

der Jingles, Melodien und vorher fertiggestellte Zusammenschnitte abgespielt, welches der Schulfest-Moderation eine originelle Note verlieh. Das bekamen wir auch wirklich gut hin, obwohl des Öfteren der Strom in unserem Projektraum ausgefallen war und ich nervös in den Putz-Raum nebenan zum Sicherungskasten eilte. Mehrfach musste ich eine Lehrkraft daher nach ihrem Schlüssel fragen.

Während der Projektwoche sahen wir auch unseren Filmfreund aus dem nächsten Kapitel, der mit einer Projektgruppe ein Lipdub-Video drehte.
Dazu fällt mir gerade die Szene ein, in der Projektleiter „Jo" wild herumfuchtelnd mit iPad und Dockingstation in der Hand hinter dem rückwärtsgehenden Kameramann her ging, während sich über ihnen zwei Säcke Luftballons entleerten und zwei Schau-spieler in einem Meer dieser bunten Ballons umhertanzten.
Das sah schon lustig aus, insbesondere weil dieser Kameramann vom meilenweiten Umherhechten durch das Schulgelände schweißgebadet war.
Sinn der Sache war der, dass während dem Filmen ein Musikstück läuft, zu dem die Schauspieler mitsingen, der Film ist also im Anschluss „lippen-synchronisiert".
Und dafür muss die Musik natürlich von allen Beteiligten sowie dem Kameramann gehört werden, daher das iPad in Dockingstation.

Der Imagefilm

20. April 2014. 07:50 Uhr, Sprechzimmer im Altbau
Ich befand mich mittendrin in meiner Fahrschulzeit und nebenbei auch noch in der Phase, wo Kursarbeiten in jeder Woche anstanden.

Etwa einen Monat vorher hatte mich unser Schulleiter mit der Ankündigung, „er hätte da was für uns", zu sich gerufen. Leider keine zuvor erhoffte Geldsumme, aber dafür eine tolle Idee.

Übrigens: Neben mir waren mittlerweile noch rund vier andere Personen in der Verwaltungsetage der Schule dafür bekannt, sich gut mit Technik auszukennen. Diese Schülergruppe, die sich im Laufe der Jahre natürlich „personaltechnisch" verändert hat, ist die Technik-Crew, welches hier im Buch des Öfteren erwähnt wird.

Ob diese Idee so toll war, zweifelt bis heute jeder Schüler an, zumal diese auch in Form eines Cartoons, welches auf zahlreichen verteilten Aufklebern im Schulgelände prangerte, verspottet wurde.

„Was haltet Ihr denn von einem Imagefilm?" sprudelte es aus ihm heraus, als ein paar Technik- Kollegen und ich mit ihm vor dem Sekretariat standen. Wir sahen uns zunächst fragend an, hielten diese Idee aber nicht für abwegig. Warum eigentlich nicht ... schließlich freue ich mich über jedes neue Projekt. Zurzeit hatte ich sowieso nichts Außergewöhnliches zu tun, vom Schuljubiläum sollte ich erst gegen Ende des Jah-

res erfahren, es gab da nur die theoretische Führer-
scheinprüfung, durch die ich zuerst durchgefallen bin
und ein paar Kursarbeiten. Also noch Luft – oder
besser gesagt: Endlich wieder was zu tun!
Unser Schulleiter hatte also von einer Maßnahme
Wind bekommen, welches ein kreatives künstleri-
sches Projekt an Schulen mit finanziellen Mitteln be-
zuschusst. Also gefundenes Fressen für unsere
Schule, da wir uns ja – laut Imagefilm – dem musi-
schen und künstlerischen Bereich verschrieben haben.
Hatten wir auch, denn es blickte zur damaligen Zeit
keiner mehr durch, welche Musikgruppen wann in
der Aula proben, wie diese ganzen AGs heißen, welche jetzt ein halbes Jahr lang ausfällt oder welche
Gruppe in der nächsten Zeit wieder gut besucht werden würde. Ich möchte das keineswegs ins Lächerli-
che ziehen, aber es existierten wirklich mal eine Zeit
lang unzählige AGs und Musikgruppen. Mittlerweile
ist es übersichtlicher geworden, aber eine Klasse, die
sich dem Schwerpunkt Streichinstrumente ver-
schrieb, war an der Schule Tradition.

So weit so gut, jedenfalls saß der einbestellte Filmre-
gisseur jetzt mit uns am runden Tisch im Sprechzimmer und wir sammelten erste Ideen, nachdem unser
Schulleiter seine Vorstellungen kurz dargelegt hatte.
Mit dabei war auch ein guter Freund von mir, ein anderer Jonas, den ich zu Veranstaltungen als Film- und
Fotografie-Experten gerne zu Rat zog.

Was im Verlauf der Projektarbeit zum Imagefilm noch alles anstand, waren mal wieder zwei unterrichtsfreie Tage, in denen professionell gedreht wurde, auch Drohnenaufnahmen standen an – Jonas opferte freundlicherweise seine Kameradrohne für den Imagefilm, die auch an anderen Schulveranstaltungen schon zum Einsatz kam, weil die Erinnerungen ja schließlich festgehalten werden müssen.

Sowohl Nils, der ebenfalls mit im Projekt involviert war, als auch wir mussten uns ständig über die deutsch-englische Wortwahl des Regisseurs amüsieren, z. B. wenn wir *„doch nochmal einen fancy shot von der Vitrine"* machen sollten oder *„das alles doch ein bisschen too much"* wurde.

Also war auch dieses Projekt wieder eine angenehme Abwechslung gegenüber dem grauen Schulalltag geworden. Der Regisseur wurde ein guter Freund von uns, wir gingen gemeinsam Pizza essen und sahen uns dann sogar noch häufiger, da unser Schulleiter natürlich auch eine zündende Idee für das Schuljubiläum bereithielt.

Kurzer Einblick: Theatervorstellungen

Die Theater-AG führte das von einem Mitschüler selbst verfasste Stück zwei Mal in unserer Schulaula sowie einmal in der örtlichen Stadthalle auf. Von der Veranstaltung in der Stadthalle hatte ich mir mehr erhofft, der Saal war leider nur halb gefüllt, trotz fleißigem Plakate-Aushängen in der Fußgängerzone.

Alles in allem aber eine runde Sache, bei der ich unter

anderem die Wirkung von kälter wirkenden Tages-
licht-Farbfolien in Scheinwerfern ausprobieren
konnte.

Die Werbeaktion

Im Herbst des Jahres 2014 sank leider die Zahl derje-
nigen, die bereit waren, sich im Redaktionsteam der
Schülerzeitung zu engagieren.
Es wurden laufend weniger, ich ärgerte mich darüber.
Was mit der Jugend heutzutage los ist... naja gut, das
ist ein anderes Thema.
Unsere kleine Gruppe beratschlagte sich mit unserem
beratenden Lehrer über das weitere Vorgehen.
Schließlich konnten und wollten wir mit nur vier Personen keine Schülerzeitung herausbringen.
Von irgendjemandem kam überraschend der Vor-
schlag, dass man in einer großen Pause aus den obe-
ren Stockwerken Papierflieger mit einer entsprechenden Werbebotschaft losschicken könnte, die sich über
den Schülermassen auf dem Schulhof verteilten.

Hausmeister Otto wurde misstrauisch, als wir ihm
von dieser geplanten Idee berichteten. Ob er die Papierflieger dann wieder aufsammeln müsse, wenn sie
liegen bleiben...
In entsprechender Laune begab er sich dann doch mit
meiner Vorlage an seinen Hochleistungskopierer, den
nur er bedienen kann, sodass ich innerhalb von einigen Sekunden ein paar hundert bedruckte DIN-A4-

Seiten in der Hand halten konnte. Als dann noch verschiedene Papierfarben zum Einsatz kommen sollten, war der Tag für Otto wahrscheinlich mal wieder gelaufen, weil sein High-End-Gerät offenbar zwischenzeitlich nach mehrmaligem Papierwechsel nicht so wollte, wie er.

Nils und ich organisierten uns einen Schlüssel und verteilten ein paar verschiedene „Abwurfpunkte" im Schulgebäude, die wir mit unserem kleinen Team besetzt hatten. 2 Minuten nach dem Pausengong warfen wir also in aller Ruhe die Papierflieger auf den Hof.

Blöd nur, dass das Wetter nicht ganz so toll war, wie wir uns das vorgestellt hatten und die Hälfte entweder gar nicht unten ankam, sondern sich in den Ästen der Linde verfing, auf dem feuchten Asphalt durchnässte oder durch die Schülerinnen und Schüler sowieso nicht beachtet wurden, weil ohnehin zu wenige auf dem Hof waren.

Ottos Mühen und unsere Anstrengungen hatten also unterm Strich... nicht viel gebracht.

Der erste Weihnachtsball

Die Geschichte dieser im Schuljahr fest verankerten Veranstaltung hatte im Jahr 2014 begonnen, als wir vom Abiturjahrgang angesprochen wurden, ob wir in diesem Jahr die technische Betreuung übernehmen könnten.

Wir waren technisch noch nicht wirklich gut ausgestattet; über die damalige Durchführung der Veranstaltung konnten wir, was Lichttechnik und Planung anging, lange lachen.

Lange drüber lachen konnten wir auch über die Tatsache, dass wir, drei dahergelaufene Techniker, uns wie auf dem Präsentierteller auf der Bühne an drei Klassenraumtischen sitzend positionierten und Musik vom Band ablaufen ließen. Normalerweise hätte da ein DJ gestanden, aber es war ja auch erst unser Anfang.

Am Tag der Veranstaltung feierte meine extra dafür angeschaffte Arbeitshose mit einem roten Emblem eines Tieres, welches zu den Arten der Laufvögel gehört, Premiere. Ich ging also schon direkt fertig gekleidet für den „Arbeitstag", der ab der 4. Stunde beginnen sollte, in die Schule.
Mein Geschichtslehrer wusste also direkt, was los war, als ich den Raum betrat.
In der 2. Stunde hatte ich mich kurzerhand bei ihm abgemeldet (ich musste ja noch was vorbereiten für den Weihnachtsball) und im damaligen Techniklager auf einer Holzkiste Platz genommen, um für den Chemietest in der dritten Stunde zu lernen. Ein bisschen taktisch klug sein musste ich ja auch, schließlich hatte der Tag auch nur 24 Stunden, und um abends Chemie zu lernen, hatte mir natürlich wie immer die Motivation gefehlt.

Was war das aber auch unpassend, zwei Klassenarbeiten an einem Tag, und das vor den Aufbauarbeiten für eine Veranstaltung. Da konnte man sich doch gar nicht konzentrieren.

Egal. Klassenarbeiten gut herumgebracht. Die Musikauswahl wurde zwar angenommen, unser Arrangement auf der Bühne fand ich im Nachhinein jedoch etwas lächerlich. Spätestens zu dem Zeitpunkt, als sich einige Personen, die Musikwünsche abgeben wollten, um unsere Tischreihe ansammelten. Das war einfach alles unprofessionell und nicht wirklich durchdacht, weil wir die halbe Tanzfläche belegten. Ab diesem Zeitpunkt stand für mich der Entschluss fest, dass wir den Weihnachtsball, den mein Jahrgang im Folgejahr veranstaltete, professioneller planen und besser „ausstatten" werden.
Wir wollten quasi Geschichte schreiben. In vielerlei Hinsicht.

Die Programmierung

„Es wäre doch sinnvoll, wenn man mal einen Laptop anschließen könnte und das dann die ganze Schule hört" erklärte ich unserem Schulleiter überzeugt, während ich mir einen der Milch-Schokoladenriegel, die immer in einem Glas auf dem Besuchertisch in seinem Büro standen, auf der Zunge zergehen ließ.

Es ging um die Umprogrammierung der Lautsprecheranlage, denn für manche Veranstaltungen hatten wir in der Technik-Crew zeitweise überlegt, die Lautsprecheranlage an die Tontechnik aufzuschalten. Vielleicht hatte ich bei der ganzen Sache jedoch auch unseren Abi-Scherz im Kopf, wofür wir die Anlage ja „missbrauchen" könnten. Ein Schelm, wer Böses dabei denkt.

Das war jedoch nicht möglich, es gab nur eine Einrichtung, mit der man sich in die Sportplatz-Lautsprecher sowie in die der Pausenhalle einklinken konnte. Der Schulleiter war schnell überzeugt und so hatte sich nach ewigem Warten für einen Mittwochmorgen die eine Spezialfirma angekündigt, die die Programmierung der Beschallungsanlage der Schule vornehmen sollte.

Sie müsse sowieso nochmal kommen, etwas einrichten. Von daher nutzte ich die Gunst der Stunde, erklärte meiner Mathelehrerin meine Abwesenheit im Unterricht und setzte mich zusammen mit Nils und dem Techniker vor seinen Laptop.

Leider war die Lösung nicht optimal, weil der Tonanschluss an einem ungünstigen Ort lag, aber für alles andere hätte man eine Komponente ergänzen müssen, die nicht wenig Geld kostete.

Meine Spezialwünsche bezüglich der Einteilung von Lautsprechergruppen konnten ebenfalls nicht berücksichtigt werden, weil das ein enorm hoher Programmieraufwand gewesen wäre.

Und so hörte man eben entweder ziemlich überall im Gelände etwas – oder gar nichts.

Das Jubiläum

Mein Handy klingelte. Ich war nicht zu Hause, sondern zusammen mit meiner Mutter bei ihrem Freund in Baden-Württemberg und just im Moment gerade dabei, an einem sonnigen Abend den Tisch zu decken, weil wir gleich grillen würden.

Es kam kein Anruf herein, sondern eine E-Mail mit dem Rundschreiben samt Terminplan meiner Schule, die Nils mir weitergeleitet hatte. Gespannt öffnete ich das angehängte Dokument und überflog den Terminplan. Dass das 250-jährige Schuljubiläum anstand, wusste ich erst jetzt. Zuvor hatte ich die Feierlichkeit nicht erwartet, zumal auch keinerlei Info seitens einer Lehrkraft erfolgte. Es war ja auch noch Zeit, schließlich war es Ende des Jahres 2014 und ein halbes Jahr war immerhin noch Zeit, um die im Terminplan vorgemerkten Veranstaltungen „Festakt" und „Schulfest" vorzubereiten. Mit einem breiten Grinsen steckte ich also mein Handy weg. Das würde wieder ein spannendes Projekt werden, facettenreicher als jedes andere zuvor erlebte. Zwei Veranstaltungen im Sommer, ein halbes Jahr Zeit und ein riesiges Hin und Her. Sofort war mir klar, dass mein Kollege Nils und ich dieses Mal einen Großteil der Organisation übernehmen würden. Es war so ein Bauchgefühl. Weil es uns einfach Spaß bereitete.

Ich war ja eigentlich bisher nur überwiegend Techniker, aber mit den Jahren hatte ich grundsätzlich den Drang verspürt, sämtliche Veranstaltungen auch mit zu organisieren.

„Ist ja Luxus" merkte eine mir wohl bekannte Stimme an, als ich an einem sonnigen Montagmorgen die Schule betrat. Luxus? Ach ja, stimmt, ich war dank exklusiver Zugangsberechtigungen durch den eigentlichen Lehrereingang hereingekommen.

Da hatte mein Chemielehrer Recht, der irritiert aus dem Lehrerzimmer kam, als ich das Foyer im Altbau betrat.

Es begann die Woche, die mir am längsten in Erinnerung bleiben sollte. Eine Woche schulfrei und zwar nur, weil am Freitag der Festakt in der örtlichen Stadthalle und am Samstag ein Schulfest der Superlative stattfand.

Die Woche zuvor wäre ich eigentlich mit meinem Deutschkurs in Holland segeln gewesen, wenn ich diese Kursfahrt nicht in letzter Minute für mich abgesagt hätte. Ich fasste meinen Entschluss an jenem Freitagabend, in der Nacht darauf würde morgens früh der Bus nach Enkhuizen abfahren. *„..., wenn Du nicht mitfährst??"* sprudelte aus meiner Deutschlehrerin hinaus, als ich am Freitagmorgen gefragt hatte: *„Was wäre, wenn?"*

Sie wusste, dass ich in die Organisation des Schuljubiläums eingebunden war, folglich hatte sie das nur wenig überrascht. Mein Sozialkundelehrer, der ebenfalls als Begleitung mitfahren sollte und den ich nur per Handynachricht erreichen konnte, nahm meine Frage mit gekonnter Gelassenheit hin und schrieb mir nachmittags: *„Das Geld ist dann halt futsch."*

Futsch konnte es nicht sein, ich würde irgendeine

Entschädigung für meine Arbeitsstunden in der Schule bekommen, da war ich mir sicher...

Abends um 19:00 Uhr musste ich schweißgebadet meinen inneren Schweinehund überwinden und die frohe Botschaft in der Chatgruppe unseres Deutschkurses verkünden. Nach der wohl längsten ausformulierten Nachricht in dieser Gruppe folgten Gott sei Dank verständnisvolle Worte wie „Prima, dass du dich so einsetzt für die Schule". Das war also das kleinere Übel.

Das größere Übel jedoch stand noch bevor: Die Hiobsbotschaft meinem Schulleiter übermitteln. Er kannte mich bereits seit ein bis zwei Jahren sehr gut und musste auf jeden Fall als einer der Ersten über meine Entscheidung informiert werden – das stand für mich fest.

Mit einem Pulsschlag rund um 200 wählte ich samstagsmorgens die Privatnummer des Schulleiters.

Als neuntes Weltwunder zeigte sich jedoch auch er überwiegend verständnisvoll für meine Entscheidung und fiel nicht – um es übertrieben auszudrücken – wie erwartet ins Koma, schließlich hatte ich schon bestimmt über 100 Überstunden für diverse Feierlichkeiten und Organisationsarbeiten auf dem Buckel und musste fast schon aus der Schule rausgeschoben werden, wenn man mich zwingen wollte, diese zu verlassen.

Richtig, es begann jene Woche meines Lebens, in der ich jeden Morgen breit grinsend und mit purer Motivation fröhlich aufstand. So ließ es sich in der Schule aushalten, Lehrer, die einen ständig mit Fragen bombardieren, quasi ein eigenes Büro mit der notwendigen technischen Ausstattung und natürlich haufenweise zu tun. Gott sei Dank!

In der Zeit des Schuljubiläums, welche sich über ein halbes Jahr erstreckte, lagen Listen und Pläne verschiedenster Organisationsbereiche auf meinem Schreibtisch – sowohl in der Schule als auch zu Hause. Seit dieser Zeit muss ich sagen, dass ich eher Stress bevorzuge, als Langeweile oder zähes Arbeiten mit freien Tagen dazwischen. Wenn ich für eine Sache brenne, dann hasse ich freie Tage oder Wochenenden dazwischen, an denen es nichts zu tun oder vorzubereiten gab. Diese Tatsache stellte ich in den darauffolgenden Jahren immer häufiger fest.

Aber was muss für zwei Veranstaltungen im Rahmen des Schuljubiläums eigentlich ein halbes Jahr lang vorbereitet werden? Und dann auch noch in einer Woche Intensivphase, in der mein Kollege Nils und ich quasi tage- und nächtelang durcharbeiteten?
So einfach zusammenfassen kann ich das nicht. Ich kann an dieser Stelle nur mal ein paar Fragen ins Gedächtnis rufen: Wer räumt die Tische, die das Lateinische Theater auf der Bühne benötigt, raus auf den Schulhof, wer hat überhaupt einen Überblick über entnommene Tische, wer sollte da Bescheid wissen und wie kommen diese Tische zur richtigen Zeit an den richtigen Ort? Also ein Punkt von vielen: Bühnenhelfer organisieren und sie vor allem einarbeiten.

Vorher müssten die entsprechenden Informationen von den einzelnen Programmpunkten bzw. Bühnengruppen natürlich erst einmal eingeholt werden. Was braucht der Imbisswagen für eine Stromversorgung? Wie werden Programmflyer gedruckt? Welchen Anschluss hat der Gitarrenverstärker der Lehrerband? Und und und...

Nach diesem kurzen Einblick fangen wir noch einmal chronologisch an.

STUFE 1: EIN ERSTES TREFFEN

Bereits Ende Januar fand sich eine kleine Runde, bestehend aus dem stellvertretenden Schulleiter, einem Mitglied des Elternbeirats, einer Musiklehrerin, einem Stufenkollegen, der für die Gastronomie verantwortlich war und zwei mehr oder weniger motivierten Lehrkräften zusammen (Warum diese für die Besprechungen vom Unterricht befreit worden waren, ist mir noch heute ein Rätsel).

Dieser Runde wollten mein Kollege Nils und ich natürlich beiwohnen, um schon gleich zu Beginn mit zu planen und vor allem einen Überblick über alle Geschehnisse und Abläufe zu behalten.

Pünktlich um 11:20 Uhr fand ich mich mit ihm sowie den drei anderen Mitgliedern aus der Technik–Crew vor Lehrerzimmer III ein, welches ich im Laufe des Jahres – wie auch einige andere sonst verschlossenen Räumlichkeiten der Schule – noch etwa fünfzig Mal

betrat. Nach einer Weile trafen auch die anderen an-
gekündigten Personen ein, jedoch zeigte sich der stellvertretende Schulleiter kritisch gegenüber der Tech-
nikfraktion. „Das sind zu viele."

Unbeeindruckt sah ich in die Runde und merkte an,
dass konkrete technische Planungen ohnehin erst einen Monat vorher erfolgen können. Jedoch standen
auch wir beide, Nils und ich, unter der „Schusslinie"
vom stellvertretenden Schulleiter – wir könnten gerne
dazu kommen, müssten aber keineswegs unsere Freistunde opfern und würden sicherlich nicht für die gesamte Dauer der Konferenz gebraucht werden.

Nach wie vor unbeeindruckt bejahten wir und gingen
zielstrebig mit ins Gespräch. Was er da sagte, interessierte uns in etwa so viel, als ob in China ein Sack Reis
umfiel. Wir würden bleiben und auch zu den anderen
mindestens sechs Treffen kommen – diese Notwendigkeit erkannte das Organisationsteam Schulfest wie
erwartet recht schnell. Recht zügig waren wir tragende
Kräfte des Veranstaltungsteams, schlugen Ideen vor,
erarbeiteten Konzepte, erstellten Lagepläne, koordi-
nierten die Arbeit zwischen den Organisationsteams
Jubiläumszeitung, Jubiläumsfilm und eben der Veran-
staltungsplanung. Wir waren in einigen Bereichen vertreten und wohnten auch den Treffen und Meetings
bei, um einen Überblick zu behalten.

DER JUBILÄUMSFILM

Um alle Seiten der multimedialen Möglichkeiten zu nutzen, musste natürlich auch ein Trailer für das Schuljubiläum her. Wie gut, dass wir den schon beschriebenen verrückten Filmemacher ein Jahr zuvor kennen gelernt hatten und er uns nach Abschluss des Imagefilm-Projekts gleich anbot, wieder zu kommen, wenn wir etwas vorhatten. Und so war es auch, nach diversen Vorbesprechungen und dem Austausch unterschiedlichster Drehbücher per E-Mail stand Ende März 2015 Drehtag Nummer eins für den Jubiläumstrailer an und wir versammelten uns mit sechs Mann im Elternsprechzimmer, welches unmittelbar neben dem Schularchiv lag. Wir hatten uns etwas ganz Besonderes ausgedacht und so sahen die Requisiten doch recht zusammen gewürfelt aus: Ein uraltes Schulschild, ein Ventilator, die Nebelmaschine aus der Physiksammlung, ein Spezialscheinwerfer aus dem Techniklager, eine Tüte Mehl, ein Sieb sowie mein iPad.

Dazu kamen gefühlte hundert alte Schulbücher sowie andere Dokumente, die man sorgfältig aufbewahrt hatte.

Wir inszenierten mit dem aufgezählten Material im Archiv zwei Räume weiter einen staubigen Dachboden, der am Anfang des Filmes etwas mystische Atmosphäre erzeugen sollte – Mehl, Ventilator und Nebelmaschine leisteten ganze Dienste und der Effekt war wirklich top. Die Schlussszene sollte den Übergang zur Modernen darstellen, hier hielt ich mein iPad vor die Kamera und wischte von einer historischen Ansicht der Schule hinüber zum modernen, aktuellen Logo.

Bis wir jedoch die Szenen im Archiv im Kasten hatten, vergingen etwa drei Stunden.

Außerdem drehten wir im kernsanierten Chemieraum sowie im Serverraum am ... nicht ganz sauber verkabelten Netzwerkschrank, wo der EDV-Beauftragte seit Jahrzehnten mal hätte aufräumen können (ich schreibe dieses Buch im Februar 2017 und im Serverraum sieht es immer noch so aus – Nachtrag Projektwoche 2018: In dieser Woche wurde tatsächlich aufgeräumt, ein Lehrer hatte sich aus der Projektwoche abgeseilt und sich die Zeit genommen. Übrigens wurde jetzt auch vorsorglich von Hausmeister Otto das Türschloss getauscht, ab sofort kommt man jetzt nur noch mit Hauptschlüssel rein.)

Ebenso drehten wir im Altbau-Foyer sowie auf dem Schulhof, beziehungsweise über dem Schulhof, denn dafür hatten wir uns etwas ganz Besonderes einfallen lassen.

Für den Drehtag zwei nämlich ließen wir in der zweiten Stunde alle rund 600 Schülerinnen und Schüler auf dem Schulhof versammeln. In der ersten Stunde hatte ich mit Kreide eine große 250 auf den Asphalt gemalt („mal eben kurz"), damit die Menge sich in die auf dem Hof skizzierte Riesen-Zahl hineinstellen konnte und somit die Jubiläumszahl abbildete.

Es bedurfte einiger Durchsagen und etlicher Schreie

ins Megafon, bis das Bild nahezu perfekt aussah, aber wir bekamen das noch vor dem ausbrechenden Chaos zur ersten großen Pause vernünftig hin. Die 250 fing ein Kumpel von mir mit seiner Kameradrohne als Luftaufnahme ein, flog ein paar Mal quer, längs, gerade und schräg darüber, in der Hoffnung auf ein paar verwertbare Aufnahmen.

Zusätzlich wurden Bilder aus dem dritten Stock gemacht, die für Grußkarten, Plakate und als Erinnerung dienten.

Aus diesen Bildern hatte ich ein Banner gestaltet, welches wir, bzw. ich mit selbst mitgebrachter Bohrmaschine, als Hinweis für die bevorstehenden Feierlichkeiten nach Rücksprache mit Hausmeister Otto und dem Schulleiter im Treppenhaus auf einem Treppenabsatz aufhängte.

Mein Grafik-Kollege hatte vorher noch die Kreidestriche der großen 250 aus dem Foto herausretuschiert und erkennbare Mittelfinger von äußerst lustigen Mitschülern durch glücklich winkende Hände ersetzt.

Darüber hinaus hatten wir ein riesiges Banner für den Bühnenhintergrund am Schulfest gestaltet, welches ebenfalls die große 250 darstellte.

Als dieses dann eines Nachmittags per Post kam, gingen Nils und ich direkt in die große Aula, damit wir das Monstrum begutachten konnten. Es sah wirklich schick aus und machte ordentlich was her. Bis heute wird es bei Schulfesten verwendet.

Für den Schnitt des Jubiläumsfilms reisten wir in den

Hunsrück zum verrückten Filmemacher nach Hause und verbrachten etwa sieben Stunden vor dem Monitor. Nachdem wir danach noch einige Male die letzten Feinheiten zu Hause optimiert hatten, waren wir voller Vorfreude, den Film endlich am Festakt sowie am Schulfest präsentieren zu dürfen.

Bis dahin war dieser nämlich noch streng geheim gehalten worden; und erst am Tag der Veranstaltung wurde er auf eine Online-Plattform hochgeladen.

STUFE 2: DER STUDIENTAG

Ein wichtiger Tag in der Organisationsphase war der sogenannte Studientag. An diesem Tag entfiel der Unterricht, das Lehrerkollegium beschäftigte sich in verschiedenen Projektgruppen mit unterschiedlichsten Themen. Im Jahr 2015 war das Thema natürlich das Schuljubiläum. Schwierig für uns, denn natürlich wurden verschiedenste Dinge besprochen und es trafen sich alle Gremien, z. B. für die Jubiläumszeitung oder das Organisations-Team vom Festakt in der Stadthalle gleichzeitig.

Nachdem wir an diesem Vorbereitungstag pünktlich um acht Uhr in der Aula standen und ich meinen Mathelehrer, der die Welt nicht mehr verstand, grinsend begrüßte, folgte die Lagebesprechung. Ein paar Kollegen tranken Kaffee, es glich einem wilden Ameisenhaufen, in dem etwa 70 Personen aufgeregt hin und her rannten.

Seit diesem Tag hatten wir eines erreicht: Kein Lehrer

wunderte sich mehr, warum wir abends um 18 Uhr noch in der Schule waren, nachmittags mit Akkuschrauber durch die Schule rannten oder unsere Autos auch spät am Tag noch auf dem Schulhof parkten. Es war also soweit – oder: wie ich das, vielleicht auch übertrieben darstellte: Willkommen in meiner Welt.

An diesem Tag gingen wir von Gruppe zu Gruppe, um nach dem aktuellen Stand der Dinge zu fragen, unsere Ergebnisse zu präsentieren oder gemeinsam an neuen Ideen zu arbeiten. Während fast jede Lehrkraft ihr eigenes Aufgabengebiet hatte, standen auf unserer To-Do-Liste Fragen und Arbeitspunkte jeglicher Art und wir eilten in einer gewissen Hektik zwischen allen Projektgruppen umher.

Und: es müssten an diesem Tag auch einige Punkte beschlossen und verschriftlicht werden, nicht immer kann nur diskutiert werden. Der Lageplan für das Schulfest muss zumindest vom Grundaufbau her stehen und der grobe Ablauf vom Festakt müsste mit dem Schulleiter besprochen werden...

Ein wesentlicher Punkt war die Abstimmung über die Uhrzeit des Schulfestes, was Nils und mir schon zwei Monate vorher Bauch- und Kopfschmerzen bereitet hatte. Auf keinen Fall konnte das Schulfest von 10 bis 14 Uhr stattfinden. Immerhin war eine Anhängerbühne mit nicht wenig Ton- und Lichttechnik gemietet worden und es müssten tausende Dinge hochgetragen, aufgebaut und positioniert werden. Und vor allem koordiniert, denn sonst läuft das sowieso alles falsch.

Beginn um zehn Uhr hieß für die Technik-Truppe: nachts um drei Uhr mit dem Aufbau anfangen. Das ist kein Witz.

Wir würden um 06:30 Uhr auf dem Schulhof stehen, um aufzubauen und das Fest fing erst um 14 Uhr an. In vollkommener Gelassenheit antwortete ich dies meinem Schulleiter, nachdem er fragte, ob wir denn zwei Stunden (!) vorher schon da seien. Wie sich später herausstellte, war nämlich auch halb sieben morgens zu spät gewesen.

Auf keinen Fall konnte das Fest um zehn Uhr beginnen. Das verdeutlichten wir dem Organisationsteam auch mit Nachdruck, aber es musste ja unbedingt eine Abstimmung mit dem gesamten Kollegium am Studientag erfolgen. Nils und ich wussten, dass das alles sehr riskant war, wenn unser Wunsch sich nicht in Luft auflösen sollte.

Ein paar Wochen zuvor wurden sogar sowohl Eltern als auch Schüler über ein Rundschreiben gefragt, welche Uhrzeit ihnen lieber wäre. Das war schon zu viel des Guten unserer Ansicht nach, denn schließlich war diese Idee im Alleingang der Schulleitung erfolgt und wir waren darüber vorher nicht in Kenntnis gesetzt worden. Entsprechend schlecht war die Stimmung an den Tagen vor dem Studientag, vor allem, als erste Ergebnisse klar wurden: vormittags!

Um Himmels willen, es hat doch einfach niemand die Ahnung, was das für ein Aufwand sein würde. Hätte man das nicht einfach im Veranstaltungsgremium besprechen und beschließen können?

Und nun saßen wir gegen Nachmittag nervös in der zweithintersten Reihe der bestuhlten Aula, ich neben meiner Religionslehrerin, und stimmten mit dem gesamten Kollegium ab. Immerhin zählte auch unsere Stimme.

Um Haaresbreite entgingen wir der kurzen Nacht mit wenig Schlaf, schockierten Gesichtern, was wir um vier Uhr nachts auf dem Schulhof machten und der komischen Samstagmorgen-ich-habe-eigentlich-Wochenende-Stimmung bei den Besuchern.

Puh! Nils und ich machten 50 Kreuze, als dieser Tag herum war. So gefiel es uns und auch ein paar anderen, die Schülerinnen und Schüler konnten ausschlafen, in Ruhe frühstücken und sogar noch zu Mittag essen, manche brachten ihr erstes Fußballspiel hinter sich und nachmittags hieß es mit der ganzen Familie den sonnigen Nachmittag genießen und bei einem kühlen Getränk und Live-Musik der Lehrerband den Abend ausklingen lassen. Super!

Die Stimmung war eine ganz andere, als es morgens der Fall gewesen wäre.

Vielleicht konnte die Stufe zwölf, die im Imbisswagen stand, ein paar Hundert Euro weniger Gewinn machen, weil viele Familien bereits zu Mittag gegessen hatten, aber eines steht fest: Essen und Trinken geht immer!

Zufrieden verließen Nils und ich am Abend mit einem Lächeln im Gesicht das Schulgelände und hatten auch das erste Mal in unserem Leben einen ganzen

Tag nur mit Lehrern verbracht.

Läuft – bis auf den Zeitungsartikel, in dem man Nils und mich unter diversen anderen Beteiligten auf einem großen Bild ablichtete, er jedoch laut Redakteurin plötzlich Mitglied der Technik-Crew war.

Da wurde etwas falsch verstanden – Nils war ausschließlich in die Rahmen-Organisation eingebunden.

STUFE 3: DIE GESAMTKONFERENZ

An jenen Tag erinnere ich mich auch immer wieder zu gerne: Die einmal im Halbjahr stattfindende Gesamtkonferenz des Lehrerkollegiums.

Es war im Juni 2015, Nils und ich standen um 13:45 Uhr gespannt vor dem Lehrerzimmer und waren gerade dabei, uns zwei Stühle zu schnappen und diese für uns zu reservieren. Schon von vornherein hatte unser Schulleiter uns herzlich zur Konferenz eingeladen, aber auch ohne diese Einladung hätten wir uns dazu gesetzt.

Ebenfalls mit dabei war ein Mitglied des Schulelternbeirats, welches auch im Organisationsteam für das Schulfest involviert war und sich um die Gastronomie kümmerte, sowie einige Leute aus dem Team der Schülervertretung.

Um etwa 14 Uhr begrüßte man die überwiegend gelangweilten Lehrkräfte, die in ihren Stühlen versunken gerade an das Feierabendbier oder an das dringend notwendige Rasenmähen im Vorgarten bei sich zu Hause dachten.

Es sah ein wenig aus wie in einem viel zu kleinen Kindergartenraum: Zwei lange Tafeln waren zusammengestellt worden und für etwa 70 Personen mussten noch einige Stühle dazugestellt werden. Der Eingangsbereich des großen Raumes war komplett zugepflastert mit den dazugestellten Stühlen und es herrschte ein wenig schlechte Luft. Hier wäre die Aula der bessere Ort gewesen. Im Gegensatz zu vielen anderen waren Nils und ich alles andere als gelangweilt, sondern hochkonzentriert bei der Sache und wollten natürlich wissen, wie das hier immer so abläuft. Ganz nach dem Spruch: „Wenn alles schläft und einer spricht – den Zustand nennt man Unterricht – oder Konferenz?"

Oh nein, denn im Verlauf des Nachmittags gab es lautstarke Auseinandersetzungen. Konkret darf und will ich darüber nicht berichten, um niemandem zu nahe zu treten.

Ich sah mich nervös um und einige wünschten sich die Popcornschüssel herbei. Es ging um die seit etwa einem halben Jahr verschlossene Pausenhalle, weil dort randaliert worden war.

Die Situation im Lehrerzimmer war kurz vor dem Eskalieren, ich war zwar erstaunt, aber auch froh, dass es zu keinen Handgreiflichkeiten gekommen war.

Jedenfalls mussten einige im Raum lachen. Die Fachschaft Musik, darunter auch meine Musiklehrerin, bekam einen Lachanfall, bei dem ich auch mitlachen musste und Mühe hatte, mich zu beherrschen.

Ich konnte diese Situation um die geschlossene Pausenhalle, die ein paar Monate lang bestand, nur mit einem Kopfschütteln und einem Grinsen kommentieren. Ich hätte natürlich auch jederzeit die Gelegenheit nutzen können, den für mich reservierten Generalschlüssel im Sekretariat abzuholen und einfach die Halle wieder aufzuschließen. Das wäre bestimmt auch lustig geworden, zumindest für ein paar Stunden.

Zeitweise bekam man selbst auf der Toilette, die innerhalb der nicht zu betretenden Pausenhalle lag, Besuch vom Herrn Lehrer und wurde gefragt, ob man denn nicht mal rausgehen wolle, wenn man zu lang am Händetrockner stand – oder man wurde wie folgt angesprochen: „Du bist Zehntklässler, deine Seite auf dem digitalen Vertretungsplan ist schon längst wieder verschwunden, also raus hier!"

Einigen konnte man sich im Laufe der Konferenz übrigens nicht. Irgendwann in den darauffolgenden Wochen wurde das Öffnen der Pausenhalle veranlasst. Endlich hatte die Geschichte ein Ende.

Das war eigentlich das, woran ich mich am ehesten noch erinnern kann. Die übrige Zeit der Konferenz war überwiegend unspektakulär, es erfolgte noch ein kurzer Informationsaustausch bezüglich des aktuellen Stands der Dinge rund um die Feierlichkeiten zum Jubiläum, aber das war es dann auch.

Mit einem einmaligen Erlebnis in der Tasche verabschiedeten wir auch diesen Tag.

Es waren rund vier bis sechs Wochen, in denen ständig irgendein Treffen anstand.

In der Woche, in der ich eigentlich in Holland segeln gewesen wäre, haben wir den SV-Raum für uns als

Veranstaltungsbüro beschlagnahmt und es fühlte sich tatsächlich so an, als würden wir seit drei Jahren nichts anderes machen, als Veranstaltungen zu organisieren und mit Lehrern zusammenzuarbeiten.

Statt zu fragen wann ich *nicht* im Unterricht war, fragte mich meine Religionslehrerin lieber, wann ich *sicher* da war, damit sie eine Woche im Voraus planen konnte. Es stand nämlich ein Film auf der Tagesordnung und ohne mich bekam sie die Technik nicht ans Laufen. Ich erklärte ihr zwar darauf hin, dass auch rund zehn andere fähige Jungs imstande waren, sie zu unterstützen, dies wies sie jedoch mit den Worten *„Nein, dann schauen wir den eben erst, wenn du wieder da bist"* zurück.

Der Unterricht wurde quasi um mich herum geplant... Es war also vollkommen normal, dass die Rollen mehr oder weniger vertauscht waren. Nils und ich hatten an dem Freitagnachmittag, eine Woche vor dem geplanten Festakt, kurzerhand den Seminarraum im 4. Stock bezogen und uns rechtzeitig mit entsprechenden technischen Gerätschaften wie Laptop und mobilem Beamer-Wagen dort eingerichtet. Dieser Raum war durch seine Möblierung perfekt für Besprechungen aller Art und zentral bei den Versammlungsräumen der einzelnen Projekte gelegen. Ein kleines bisschen hatten wir ihn natürlich umgebaut.

Bereits an den beiden Vorbereitungstagen hatten wir einen entsprechenden Hinweis an die Tür dieses Raumes gehängt, damit die Projektgruppen wussten, dass die Technik- und Programm-Ansprechpartner dort drinsitzen.

Ein Stufenkollege hat sich daraufhin sogar den Scherz erlaubt und meinen formellen Aushang durch den handgeschriebenen Schriftzug „LNTEC regelt hier" ergänzt. (LNTEC war der offizielle Name eines zu diesem Zeitpunkt seit etwa einem Monat angemeldeten Kleingewerbes von mir)

Nach Bezug des Seminarraumes klopften die Lehrer also bei uns an der „Büro"-Tür an und schickten mehrere E-Mails am Tag. Umso schöner, als dass man morgens von einer bekannten Lehrerin freudig mit „Ah, die neuen Kollegen" begrüßt wurde, bevor man das „eigene Büro" aufsuchte. In dieser einen Woche arbeiteten Nils und ich von etwa acht bis 15 Uhr – und zwar nur an diesen beiden Feierlichkeiten zum Schuljubiläum: Pläne und Listen aktualisieren, gefühlt tausend Lehrkräfte aufsuchen, von einem Treffen ins nächste springen – das stand auf der Tagesordnung.

DER FESTAKT – DIE PROBEN

Warum wir seit etwa Mai regelmäßig zu Proben für den Festakt in die Stadthalle einbestellt wurden, war uns mehr oder weniger ein Rätsel. Es war ein szenisches Theaterstück geplant, welches mit entsprechender Ton- und Lichttechnik versorgt werden sollte. Den Probenaufwand für eine solch kurze Passage von etwa zehn Minuten sahen wir recht schnell als lächerlich an, zumal die äußerst nervigen Dialoge der Schauspieler noch jahrelang in unseren Gedächtnissen bleiben würden – „Es hat ein Kuss... mir Leben eingehaucht"

Die begleitenden Lehrkräfte, die dieses kurze Stück auf die Beine stellten, haben sich zwar um die entsprechenden Befreiungen vom Unterricht für uns gekümmert, viel mehr war es aber ein Langweilen in der Stadthalle, weil entweder die Technik noch nicht einsatzbereit war oder schlichtweg noch genauere Informationen fehlten.

Ich kann mich noch genau erinnern, als ich etwas irritiert im Saal der Stadthalle stand und mich fragte, wo die Technik aufgebaut sei. Ein Blick in den Regieraum ließ auch letzte Zweifel beseitigen, dass hier gar nichts aufgebaut und auch der Regieraum selbst verschlossen war.

Der Hallenmeister war, wie ein kurzes Telefonat ergab, auf Mallorca am Strand und seine Vertretung nicht anzutreffen. Wir als Technik-Truppe waren zwar einbestellt, konnten aber nichts arbeiten. Immerhin amüsierten wir uns über die schlagfertigen Diskussionen der Lehrkräfte, die sich mit viel Lärm um nichts über das Geschehen unterhielten.

Naja, immerhin kein Unterricht, wenigstens etwas.

„Lukas, du brauchst nachher übrigens nicht mehr zum Unterricht zu gehen! Ihr anderen auch!" Die das szenische Spiel begleitende Lehrkraft drohte uns schon fast mit Strafen, wenn wir nach der Probe noch zum Nachmittagsunterricht gehen würden. Soweit das mit den Lehrern geklärt sei, antwortete ich, soll mir das recht sein

– immerhin hatten wir um halb vier noch Sportunterricht, welchen ich mir doch zumeist lieber ersparte. Zu ausgelaugt ist der Lehrplan, Ballspiele & Turnen sind längst nicht mehr zeitgemäß, es fehlt an jugendlichen Trendsportarten, die auch mal frischen Wind ins Geschehen bringen sowie den eigenen Horizont erweitern, z. B. CrossFit oder andere Erscheinungen des 21. Jahrhunderts. Zwar bewegte mich mein Gewissen immer dazu, zu 95 Prozent der Sportstunden pflichtgemäß zu erscheinen (diese Zahl erreichte nicht jede Person des Sportkurses), aber die Laune war immer entsprechend im Keller.

Am Festakt selbst, der im Juli stattfand, musste ich aufgrund der Wetterverhältnisse gegen Mittag die Duschen der Stadthalle in Anspruch nehmen. Es war ein heißer Tag und zu allem Übel war damals beim Bau des modernen Areals an einer Klimaanlage gespart worden. Daher glich das Publikum eher einem wilden Ameisenhaufen, in dem hunderte von Programmflyern zu Fächern umfunktioniert wurden, sodass man es in der Hitze wenigstens etwas aushielt. Ich beschloss zudem, nicht in Jeans, Hemd und Jackett aufzutauchen, sondern es bei einer kurzen Hose und einem Hemd zu belassen. Eine lange Hose wollte ich mir dann doch nicht zumuten.

Diese Veranstaltung, zu der die wichtigen Gäste wie Bildungsministerin, Bürgermeister und Landrat eingeladen worden waren, war technisch kein Mammutprojekt. Eher waren es zähe Besprechungen um Kleinigkeiten, wann der Vorhang geschlossen wird oder wie der Bürgermeister auf die Bühne kommt. Die technische Crème de la Crème, die uns an diesem Tag ständig im Nacken hing, würde erst am nächsten Tag folgen, denn nachdem wir um 18 Uhr die Stadthalle verließen, ging es direkt weiter in die Schule, um letzte Kontrollen und Arbeiten für das bevorstehende Schulfest zu erledigen. Wir wussten, dass es eine kurze Nacht werden würde und wir durchaus an die Belastungsgrenzen stießen.

Ich musste laut lachen, als unser Schulleiter uns gegen Abend aus der Stadthalle verabschiedete, um uns einen schönen Feierabend zu wünschen. Er würde jetzt Feierabend machen, wir aber erst in etwa fünf Stunden. Und er käme auch am nächsten Tag erst um 13 Uhr, wir sieben Stunden vorher.

DAS JUBILÄUMS-XXL-SCHULFEST

Als mein Wecker um 05:40 Uhr klingelte, stand ich mit einem zufriedenen Nicken entschlossen auf und freute mich auf den bevorstehenden Tag. Seit einem halben Jahr bereiteten wir das Schulfest vor und heute war es soweit. In 19 Stunden würde ich wieder zu Hause sein – und dann wäre alles vorbei. Sechs Monate Vorbereitung, eine Woche Intensivphase, ein paar viele Telefonate, hunderte E-Mails und nur ein einziger Veranstaltungstag...

Um 06:20 Uhr parkte ich glücklich auf dem Lehrer-parkplatz ein, schloss in einer Seelenruhe das Schulgebäude auf und langsam, aber sicher trudelten die restlichen Techniker ein.

Am Vorabend hatten wir um 20 Uhr noch Besuch aus einem kleinen Ort bei Düsseldorf bekommen, da die gemietete Videowand auf ihrem PKW-Anhänger noch an Ort und Stelle aufgestellt werden musste. So verbrachten wir den Abend bei Sonnenuntergang mit dem Hin- und Herzerren des schweren Kolosses, letzten Kontrollgängen durchs Schulhaus, ob auch alle unnötigen Plakate abgehängt und auch alle Räume von den Gegenständen beseitigt waren, die für das Schulfest nicht benötigt wurden. Es entstanden viele kleine Lagerräume für Overheadprojektoren, Kartenständer, massenweise Plakate und Kunstgegenstände, die ein paar Klassen angefertigt hatten.

Etwas verrückt kam ich mir dabei vor, als ich die Stromzuleitung für die große Leinwand gelegt hatte. Schon nachmittags hatten wir aus der Schulküche ein dickes Starkstromkabel, mit dem man einen großen Durchlauferhitzer hätte versorgen können, gelegt, wobei meine Arbeit von unserem kopfschüttelnden Hausmeister Otto nur mit *„Et is nur ein Schulfest, doch kein Papstempfang"* kommentiert wurde. Dieser Spruch wurde recht schnell zur inoffiziellen Beschwichtigung in der Technik-Crew, wenn ein etwas unverhältnismäßiger Aufwand betrieben wurde – er fiel noch oft.

Nun standen wir also in aller Herrgottsfrühe da und fingen damit an, die große Anhängerbühne aufzuklappen und diese anschließend mit ein paar hundert Metern Kabel und Gerätschaften auszustatten. Hinter der Bühne wurde ein kleiner Backstage-Bereich aufgebaut, in dem Möbel und Requisiten für die benötigten Bühnengruppen lagerten.

In der Woche zuvor hatten wir uns also darüber Gedanken gemacht, wie die 20 Tische für das lateinische Theaterstück in dem engen Raum hinter der Bühne Platz fanden, wie man diese am besten dorthin stapelt und wie diese am schnellsten hochgetragen wurden. Ein solcher Fall ist das beste Beispiel dafür, was alles zum reibungslosen Ablauf einer Veranstaltung gehört – denn schließlich sind es die Übergänge zwischen den Programmpunkten, die am meisten durchdacht werden müssen.

Neben den Möbeln stand natürlich auch ein großer Stapel voller Technik-Kisten und Racks hinter der Bühne, zum Beispiel die Geräte, die die Scheinwerfer steuerten und mit Starkstrom betrieben wurden, sowie Mikrofon-Empfänger und Antennen. Dieser Stapel wurde uns jedoch zum Verhängnis, der Aufbau ging leider etwas zu ungeordnet von statten, sodass jedes Kabel, was hinten hinzukam, einfach über die bereits verlegten hinübergeworfen wurde, sodass um etwa 13 Uhr ein vollkommener Kabelsalat hinter der Bühne geherrscht hatte.

Mit Nachdruck forderte ich unser Team (wie des Öfteren) dazu auf, die Kabel doch bitte ordentlich zu verlegen, das hat jedoch alles nicht so ganz geklappt.

So verliefen die empfindlichen Antennenkabel durch ein Gewirr aus Starkstrom- und Steuerungsleitungen, weshalb es selbst um 14 Uhr (genau dann sollte die Begrüßung durch den Schulleiter stattfinden) noch eigentlich fast gar nichts funktioniert hatte. Rauschen und Kratzen in der Tonanlage, kein funktionierendes Funkmikrofon, scheinbar defekte Scheinwerfer, verrücktspielende Lichtsteuerungen. Unsere Nerven lagen ab etwa 13 Uhr blank, weil wir extremen Zeitdruck hatten. Infolgedessen verstand man den ersten Teil der Begrüßung kaum, bis wir nach hektischer Fehlersuche schließlich ein provisorisches Kabelmikrofon angeschlossen hatten.

Das war der schlimmste Moment in meiner Laufbahn als Techniker – diese nicht funktionierende Technik, und dann auch noch bei der Begrüßung zum Jubiläums-Schulfest.

Gott sei Dank bekamen wir die Probleme recht zügig in den Griff, wenn auch zu spät.

Um 14:30 Uhr schaffte ich es sogar, mich einmal in den bequemen Schreibtischstuhl am Technikstand zu setzen, welcher als einer von dreien freundlicherweise aus den Computerräumen im dritten Stock zu uns heruntergetragen wurde. Nicht bedacht hatten wir jedoch die leichte Schräge im Schulhof, sodass wir zum Ärgernis von unserem Tontechniker Jonas in unseren Schreibtischstühlen auf den Bühnenpodesten hin und wieder leicht nach links rollten – äußerst unpraktisch für die Arbeit am Mischpult.

Im Laufe des Vormittags mussten wir übrigens unseren Technikstand häufiger wiederaufbauen, da das

Zelt, welches über uns auf den Bühnenpodesten stand, aufgrund des Windes mehrmals wegzuwehen drohte. Nach dem dritten Mal Wiederaufbau bewaffneten wir uns mit Akkuschrauber und langen Schrauben und setzten diesem nervenaufreibenden Kampf ein Ende.

„Darf ich mo frache, wat Ihr hier macht?"

Ich zuckte zusammen. Hausmeister Otto marschierte scheinbar nicht gerade begeistert auf Nils, ein paar Zehntklässler und mich zu.

Darf ich vorstellen: Unser Hausmeister Otto. Statt irgendwelche Personen am Anfang dieses Buches vorzustellen, mache ich das hier mal kurz mittendrin. Es passt nämlich gerade wieder alles perfekt zusammen, es gäbe keine bessere Situation, um ihn vorzustellen. In meinen Jahren als „Veranstaltungs-Heini" (wie sollte ich mich eigentlich sonst in einem Wort beschreiben?) ist mir natürlich das komplette Schulpersonal ans Herz gewachsen.
Da gab es Elsa, die Putzfrau des Technik-Lagers, es gab zwei Mal Christa im Sekretariat, die zeitweise mit Beate zusammen den Laden halbwegs am Laufen hielten.
Und es gab neben dem Schulleiter natürlich auch noch die Fachkraft für Gebäude & Instandhaltung – und die war hier Otto.
Otto war ein ganz normaler Hausmeister, im Grunde genommen unkompliziert, mit grauer Arbeitsweste,

Turnschuhen, dem üblichen größeren Schlüsselbund und einer manchmal verdrossenen Miene.

Das Verhältnis zwischen ihm und mir war eine Zeit lang geplagt von Höhen und Tiefen. Höhen, wenn er gut gelaunt aus dem Nähkästchen plauderte, aber auch Tiefen, wenn er einmal zu wenig um Erlaubnis gefragt wurde bzw. wenn ihm etwas, warum auch immer, nicht passte. Das kam zwar selten vor, aber eben auch diese Tage gab es. Im Laufe meiner Schulzeit musste ich durchaus ein paar Mal etwas beichten, aber Otto und ich konnten auch zusammen lachen oder uns über diverse Dinge zusammen aufregen.

Wir hatten ihm zwar Bescheid gesagt, dass wir ein Gerüst benötigen würden, um die Lautsprecher in der Aula zusammen mit meinem Vater an eine andere Position zu hängen, aber eben nicht konkret um Erlaubnis gefragt. Das war jetzt gerade „dünnes Eis" und ich musste mal wieder mein Image retten, denn wenn Otto einen Satz mit „Darf ich mo frache" anfängt, dann kann es gut sein, dass in ihm die Lava anfing, zu brodeln.

Ein paar Wochen zuvor hatten wir einen professionellen Tontechniker im Hause, der unsere Schulaula kritisch beäugte. Da die Lautsprecher an der falschen Stelle hingen und für das bevorstehende Schulfest natürlich alles zu 100 Prozent passen sollte, musste das selbstverständlich schnellstmöglich behoben werden. Im Eifer des Gefechts fragte ich also meinen Vater, der so ziemlich alles kann, was Heimwerken anging und plante daraufhin einen Freitagnachmittag für die Baumaßnahmen ein.

Da in der historischen Aula alles entweder nur halb funktionierte oder zu weit oben gehangen hatte, um es zu reparieren, musste eben das Gerüst her: Ottos Gerüst, welches ich bereits bei ihm reserviert, aber nicht bestellt hatte. Genau das war nun der Fehler.

In meiner ruhigen und bodenständigen Art entschuldigte ich mich also tausendfach, dass wir (einfach so!) sein Gerüst benutzen und dies nun gerade in der Nachmittagssonne mit zehn Helfern in Einzelteilen in die Aula hochtragen wollen. Ich stand also mit zwei langen Metallstangen in der Hand Otto gegenüber und beruhigte ihn, dass dies nicht wieder vorkommen würde, bevor er wieder mit klimperndem Schlüsselbund und der klassischen grauen Hausmeisterweste ins Schulhaus marschierte.

Das störte mich allerdings an der Situation noch am allerwenigsten. Viel mehr war es wieder mein Gewissen, welches sich wieder fragte, ob ich nicht einen Schritt zurücktreten sollte. Solche Gespräche und Begegnungen mit Otto trieben mich immer wieder zum Nachdenken an, ob das alles noch im Rahmen ist, was ich da mache. Aber immerhin gibt es auch andere Seiten, wo wir uns prächtig miteinander verstanden. Was würden wir auch ohne ihn machen – nur er weiß, wie man den Schnelldrucker bedient, wenn ich mit buntem Papier winkend anklopfe und Programmflyer für eine Veranstaltung kopieren möchte – und nur er, nicht mal der Schulleiter, besitzt einen Schlüssel für das Privatschloss seiner Werkstatt, wenn mal wieder eine Schraube locker ist. Wofür ich jedoch mittlerweile vorsichtshalber immer meinen eigenen Werkzeugkoffer im Auto hatte...

Darüber hinaus hatte ich mir an einem Mittwochnachmittag die Zeit genommen, die alten Bohrlöcher der Lautsprecherhalter in einer Freistunde kurzerhand mit Reparaturspachtel zu schließen.
Als währenddessen noch mein Mathelehrer zur Tür hereinkam und sich wunderte, was ich in Arbeitskleidung auf dem dreieinhalb Meter hohen Gerüst machte, war ich jedoch fast fertig und begab mich nach kurzer Erklärung zügig auf zum Techniklager, worin ich mich schnell wieder für den bevorstehenden Unterricht umzog.

Die Jubiläumszeitung

Wir saßen also wieder wie früher im SV-Raum, wie damals beim Schülerzeitungs-Redaktionstreffen. Der Schulleiter, die betreuende Lehrkraft der ehemaligen Schülerzeitungs-AG, ein paar andere Schülerinnen und Schüler sowie Nils und ich schauten uns erwartungsvoll an, bis man die Runde eröffnete. Es sollte eine Jubiläumszeitung entwickelt werden, der Schulleiter präsentierte stolz die Jubiläumswälzer, die bei früheren Jubiläen herausgegeben wurden und die er zuvor aus dem Schularchiv herausgekramt hatte.
Ja, gut, dann machen wir halt noch die Jubiläumszeitung, bevor das Zeitungsgremium endgültig aufgelöst

werden sollte. Der Entschluss stand schnell fest, einige Interessenten kamen tatsächlich eines Nachmittags ins Lehrerzimmer Nummer III, worin übrigens zwei sehr bequeme Sofas standen (Wenn ich je in der Schule übernachtet hätte, dann dort).

An den Vorbereitungstagen zum Schuljubiläum sprang ich ohnehin schon wie von einer Tarantel gestochen zwischen vier verschiedenen Projekträumen umher und wirkte auch bei gefühlten 100 Verantwortungsbereichen mit, sodass es mich wirklich ein wenig nervte, nachmittags noch im Elternsprechzimmer sitzen zu „müssen" und etwa 20 Bilder von alten Schulleitern einzuscannen.

Drei Mal dürfen Sie, lieber Leser, raten, wer sich um das Layout der Zeitung gekümmert hatte: Meine Wenigkeit.

Neben der Programm- und Technikkoordination sowie der Raumplanung erklärte ich mich kurzerhand noch für das Layouten der Zeitung bereit, was dazu führte, dass ich an drei Nachmittagen hintereinander mit unserem Schulleiter, der Schülerzeitungs-Lehrkraft und Nils bei sommerlichen 34 °C im Computerraum saß und die Zeitung etliche Male Korrektur gelesen habe.

Als die Jubiläumszeitung einen Tag vor dem geplanten Festakt per Post ankam und Nils und ich eigentlich in die Stadthalle zur nächsten Vorbereitungsbesprechung mussten, wollte Sekretärin Christa die Lieferung, aus 14 Kartons bestehend, tatsächlich überprüfen und mit uns alle Zeitungen „mal kurz durchzählen". Also gut, dann haben wir das halt auch noch schnell gemacht.

Das neue Lager

In diesem Zeitraum entstand eines Mittags spontan die Idee, unser Techniklager aus dem abschüssig gelegenen Abstellraum, den man nur über eine knarzende enge Holztreppe hatte erreichen können, in den Neubau umzuziehen.

Im aktuellen Lager der Fachschaft Mathematik lagerte laut Otto auffällig viel Müll, was darauf schließen ließ, dass er da dringend mal etwas in die Wege leiten wollte. *(„Dat muss ich alles noch entsorge, dat Chaos da…")* Grinsend schlug ich vor, das Ausräumen zusammen mit Nils zu organisieren, sodass schnell Platz für unsere Technik geschaffen war.

Gesagt, getan, innerhalb von einer halben Woche war der Raum auf links gekrempelt worden und lange nicht mehr verwendeter Krempel lag in Ottos einbestelltem Müllcontainer auf dem Hof.

Irgendwann hatten wir uns dann dort eingerichtet, samt Schreibtisch und Computer. Und wir hatten die volle Kontrolle über die Netzwerkverkabelung des Altbaus, der EDV-Schrank hing nämlich neben unseren Lautsprecherboxen.

Der Benefiz-Abend

...hatte auch noch ganz nebenbei stattgefunden. Unser Schulleiter hatte begeistert angekündigt, dass ein bekannter Musiker aus dem Landkreis die Schule besuchen würde und ein Benefiz-Konzert abhalten wollte.

Es sei erwähnt, dass professionelle Musiker keine Vorlaufzeit, kein Catering, keine Lagebesprechung und keine persönliche Betreuung benötigen. (Könnte man nach dieser Veranstaltung zumindest meinen)

Das gab es nämlich alles nicht. Beginn der Veranstaltung war um 19:30 Uhr, die Musiker-Mannschaft, also die Darsteller des Abends, reisten zwanzig Minuten vorher entspannt an und marschierten ohne Vorstellung unter meinem Kopfschütteln schnurstracks auf die Bühne.

Zeitweise hatte ich damit gerechnet, dass man uns bestimmt informierte, wann der in meinen Gedanken formierte Technik-LKW vorfährt.

Der kam aber gar nicht.

Wir Techniker standen leicht fassungslos im Kreis, aber es hat tatsächlich alles reibungslos funktioniert.

Bestandsaufnahme in den Sommerferien

Selbstverständlich nahm ich auch regelmäßige Kontrollen des Baufortschrittes in den Sommerferien wahr, denn in diesem Jahr sollte zu meinem Ärgernis der Fenster-Ausschnitt im alten Regieraum der Aula zugemauert werden.

Die uralte Regie-Technik wurde ebenfalls vollkommen zurückgebaut. Meine mehrfachen Anläufe bei Otto, doch eine feste Glasscheibe wieder einbauen zu lassen und die Regietechnik, auf die wichtigsten Grundfunktionen beschränkt, zu modernisieren, wurde aus Kostengründen abgeblockt. Es hätte ja eine spezielle Brandschutzverglasung hergemusst...

Die Jahre zuvor hatte man kräftig umgebaut, unter anderem bekam Otto einen neuen Riesenkoloss von Elektro-Verteilerschrank in sein Büro gestellt, ein Chemieraum wurde kernsaniert und diverse andere Bauarbeiten fanden statt. Ich ging ganz gerne an einem Tag in den Sommerferien mal vorbei, um den Fortschritt zu begutachten, außerdem hatte mich ja Technik sowieso schon immer interessiert.

So kam es auch, dass mich Otto mehr oder weniger genervt begrüßte, als er verschwitzt im Geschichtsraum unter dem Waschbecken lag, weil ein Abfluss verstopft gewesen war und er daraufhin bei sommerlichen Temperaturen ein kleines Stück Wand neu verputzen musste. Das war natürlich zu viel des Guten, denn so etwas ist für die Sommerferien grundsätzlich nicht eingeplant. Für den Rest des Jahres übrigens auch nicht, da hatte Otto durchaus genug anderes zu tun. Immerhin wollten noch gefühlt eine Tonne Altkleider, die in der Sporthalle liegen geblieben waren, hunderte alte Leuchtstofflampen und ein Anhänger voll Metallschrott entsorgt werden. Und jetzt das...

Bei einer darauffolgenden Führung durchs Haus

durften wir noch die aktuellen Schlager-Hits miterleben, weil das Reinigungspersonal zu Ottos Ärgernis
ein kleines Radio im Flur aufgestellt hatte. Der ohnehin schon leicht gestresste Hausmeister schrie zu meiner Erheiterung mehr oder weniger durch den halben
Altbau „KANN DAS MAL JEMAND
AUSMACHEN, DAS GEJAULE DA?"
Ich lachte laut.

Weihnachtsball 2015

Das müsste der zweite Weihnachtsball sein, von dem
ich berichte. Es war der, den meine Stufe ausrichtete,
darum kümmerte ich mich selbstverständlich frühzeitig darum, ein Organisations-Team auf die Beine zu
stellen. Wir wollten ja, wie schon bereits erwähnt, alles Bisherige, was den Weihnachtsball anging, über-
bieten.
Unsere Treffen begannen im Frühling jenes Jahres
2015, Mitte Dezember sollte der große Tag sein, an
dem alles nahezu perfekt sein sollte.
Es war eigentlich eine sehr schöne Organisations-
Phase, da Schritt für Schritt Entscheidungen gefällt
wurden, es lief alles geregelt ab und ich war sehr zufrieden mit den Entwicklungen.
Andere hätten vielleicht erst Mitte September oder
Oktober über das Buffet abgestimmt, aber grundsätzlich treffe ich Entscheidungen zu Veranstaltungen
pauschal ein bis vier Monate früher als gewohnt, um
ausreichenden Puffer zu haben. Man weiß ja nie.
Was jedoch eine kleine Herausforderung für mich

darstellte, war die Tatsache, dass ich mich in manchen Mittagspausen hätte dreiteilen müssen, weil sich drei Organisationsteams gleichzeitig trafen und ich gerne von jedem Meeting etwas mitbekommen wollte. Irgendwie habe ich das dann doch geschafft, denn es gibt ja auch Smartphones und Chatgruppen.

Am Veranstaltungstag selbst hatte ich das Aufbauteam für mittags in der Aula einberufen und verteilte getippte Blätterstapel, wo jeder Arbeitsschritt drauf notiert war.

Und zwar mit den Angaben WOHER, WIE, WOHIN und wie viele Personen für einen Bereich eingeplant werden sollten.
Beispielsweise
„drei Stehtische aus dem Lager neben den Jungen-WCs hoch in den langen Flur tragen; Servietten auslegen, Tannenzweige und Teelicht drauf. (Deko-Team)"

Dieses Dokument hatte ich ein halbes Jahr vorher angefangen und infolgedessen gefühlte 30 Mal überarbeitet, um garantiert auch keine Kleinigkeit wie Kochlöffel, Schneidebrett und Flaschenöffner zu vergessen.
Ich heftete jeweils einen Grundriss der Raum- und Geländeaufteilung an, damit auch ja keiner das Buffet im falschen Raum aufbaute oder die Biertheke nun doch vier Meter weiter vorne stand, so wie wir es eigentlich nicht wollten.

Z. B. musste die Gruppe Sektbar sich darum kümmern, dass die Flaschenöffner aus der Küche und das
Wechselgeld für ihre Kasse an Ort und Stelle waren,
aber zu Beginn erst einmal einen Klassenraum im Altbau so umbauen, dass der Aufbau möglich war.

Ebenfalls sollte rechtzeitig jemand zu mir kommen,
um eine Einweisung in den Industrie-Geschirrspüler
zu erhalten, um Überschwemmungen oder andere
Katastrophen zu vermeiden.

Die Gruppe Aula schleppte Bierzeltgarnituren hoch,
Gruppe Außenbereich kämpfte mit 60 Teilen eines
großen Partyzelts, welches ich drei Wochen zuvor mit
einem geräumigen Auto angeliefert hatte. Ebenfalls
musste die Crew unbedingt daran denken, eine
Stunde vor Einlass den Glühweinkocher auch einzuschalten, schließlich wollten wir das Heißgetränk
nicht kalt verkaufen.

Die Gruppe Buffet sollte nicht vergessen, vorher das
angelieferte Brot nicht nur zu überprüfen, sondern
auch aufzuschneiden und am Buffet anzurichten.

Eine Gruppe befüllte die Kühlschränke mit Geträn-
ken und sah Hausmeister Otto dabei zu, wie er versuchte, eher weniger begeistert das Spülbecken an die
Wasserversorgung aus der nächsten Putzkammer anzuschließen.
Leider hatten die mitgelieferten Schläuche nicht für
die Anbindung beider Spülbecken ans Abwassernetz

ausgereicht, sodass unter dem zweiten ein großer Eimer landete.

Ottos Warnung zu uns war eindeutig und nachvollziehbar, bloß nicht das gefüllte Becken zu entleeren. Kritisch begutachtete ich seine Installation, der Eimer gefiel mir nicht. Aber ich musste ja dringend weiter zur Cocktail-Maschine, die gerade angeliefert worden war und zu der ich noch eine Einweisung bekommen sollte.

Im Laufe des Spätnachmittags fuhr der Caterer vor und begann, neben seinen Speisecontainern auch zwei elektrische Soßenwärmer und rund zehn elektrische Bratpfannen, die mit Kaisergemüse gefüllt waren, hoch in den Geschichtsraum zu tragen.

Einen Tag vorher hatte das Deko-Team zusammen mit mir in der Aula drei Lichternetze an der Decke aufgespannt. Das sah wirklich schön aus und die vier Stunden Arbeit mit Nylonfäden und Ottos großer Leiter hatten sich gelohnt.

Wie Sie es bestimmt schon mitbekommen haben, lief es dank der ausgefeilten Planung sehr gut, was aber auch an tatkräftiger Einsatzbereitschaft meiner Stufenkolleginnen und -kollegen lag. Der Papierkram ist das eine, die „Man-Power" das andere.

Am Abend selbst bahnte sich jedoch Katastrophe Nummer eins von drei an.

KATASTROPHE NUMMER 1

Ich wurde zunächst von Nils angerufen, der mir berichtete, dass, als ob ich es schon geahnt hätte, im Geschichtsraum alles dunkel war und mittlerweile rund 50 Besucher mit Handy-Taschenlampen am Buffet rumfuchtelten.

Otto war längst Zuhause und öffnete wahrscheinlich gerade in aller Seelenruhe eine Bierdose auf dem Sofa. Da hatte ich auch überhaupt kein Problem mit.

War ja klar, die Sicherung hatte den zwölf Heizgeräten natürlich nicht standgehalten – es waren scheinbar zu viele gleichzeitig in Betrieb. Klasse.

Nervös eilte ich in die Putzkammer, in dem die Strom-Unterverteilung für zwei Flurabteile lag, konnte jedoch zunächst die passende Sicherung nicht finden.

Also wählte ich Ottos Nummer, der auch nach langem Warten abhob.

„Nee, dat is bei der Monika in dem Raum, ähh bei der Putzfrau, weißte?"

Monika war mehr oder weniger die Chefin der Putzkolonne und beherbergte ihren Putzwagen in einer anderen Putzkammer im Altbau; ich stand jedoch verzweifelt im Neubau.

Stimmt. Unter normalen Umständen hätte ich das wahrscheinlich auch auf Anhieb gewusst, doch an diesem Abend lag natürlich alles an den verschärften Bedingungen.

Ich sprintete also durch die Masse hindurch zu Monikas Raum, schloss unter höchst verwirrten Blicken der Schulleitungsrunde mit einem nassen Putzlappen in der Hand die knarzende Tür auf und fand glücklicherweise die richtige Sicherung.

„Immer im Dienst" erwähnte ich grinsend vor dem MSS-Leiter, der stolz sein Bierglas in der Hand hielt. Problem Nummer eins war gelöst.

Gott sei Dank ist das Dilemma rund vier Jahre her, sodass ich getrost von Problem Nummer zwei berichten kann.

KATASTROPHE NUMMER 2

Zu Problem Nummer zwei wurde ich zu späterer Stunde gerufen, denn man konnte sich einfach nicht erklären, warum sich auf einmal eine riesige Bier-Wasser-Pfütze vor den Chemieräumen bildete, die jeder Besucher mit seinen Schuhen immer weiter im Gelände verteilte. Ich sendete ein Stoßgebet gen Himmel. „Bitte lass es nicht den Eimer sein! Ottos Warnung!"

Natürlich war es der Eimer.

Jemand hatte erst das Spülbecken entleert und dann, weil man ja schnell alles aufräumen wollte, angefangen, halb ausgetrunkene Biergläser im Becken zu entleeren, ohne zu merken, dass der Kreislauf unter seinen Füßen endete – und nicht im Abwassersystem der Schule.

Klasse. Monika saß wahrscheinlich ebenfalls gerade

bei einem Glas Wein zuhause. Sie sollte ja morgen früh mit ihrer Kolonne alles sauber machen.

Ich stellte mir gerade ihre Miene vor, verdrängte dieses Bild jedoch schnell aus dem Kopf.

Also verschwand ich wieder in der Putzkammer, holte den größten Mopp, den ich fand und forderte die Thekenschicht auf, das größte Unheil zu beseitigen, was natürlich nur mit mäßigem Erfolg klappte.

Am Morgen danach war ich nach vier Stunden Schlaf um 07:30 Uhr als einer der ersten da und begutachtete zuerst die Bierlache. Sie hatte sich im kompletten Flur vor den Chemieräumen ausgebreitet und im Rest des Veranstaltungs-Areals musste man sich bemühen, bei längerem Stillstehen nicht festzukleben. Es war, um es kurz zu fassen, eine Katastrophe.

Sowohl das Reinigungspersonal als auch Otto sahen das natürlich genauso.

Einen dreistelligen Betrag mussten wir zahlen, da der Reinigungsaufwand doch um einiges höher war als geplant. Das konnten wir jedoch verkraften.

Die Resonanz zum Weihnachtsball war durchweg positiv, es hatte bis auf die kleinen Problemchen eigentlich alles gestimmt. Die Inszenierung des Gebäudes mit ein paar LED-Strahlern war klasse, das Essen hat geschmeckt, soweit man es im Halbdunkeln gefunden hatte und die Organisation von Auf- und Abbau war höchst lobenswert, trotz Kater am Abbau-Tag.

KATASTROPHE NUMMER 3

Ich war gerade unterwegs in Richtung Bühnenaufgang, den man nur erreichen konnte, wenn man zum Sekretariat hin am Ende des Ganges im Verwaltungstrakt die Treppe hoch ging.

Auf halber Strecke versetzte mich ein Geräusch in sofortigen Stillstand. Hörte man genauer hin, war ein leiser, aber durchgehender, greller Piepston zu hören, es war nur leider kein Tinnitus.

In einer zehntel Sekunde zählte ich in einer Schockstarre eins und eins zusammen; mein Puls war auf 220.

Im Sekretariat war ein Bedienfeld der Brandmeldeanlage angebracht. Ich sprintete sofort in das Heiligtum der Verwaltung, suchte nervös das Schlüsselloch, hechtete zum Materialschrank, wo das LCD-Display der Anlage „VORALARM" anzeigte.

Ebenso blinkte eine rote LED.

Mist. Mit Angstschweiß auf der Stirn sah ich innerlich, wie alles den Bach runter ging. Wie Otto im Schlafanzug komplett ausrastete, der Schulleiter sich im Keller einschloss, die Feuerwehr vorfuhr, ich nie mehr eine Veranstaltung betreuen durfte und bereits den Einsatzbericht der freiwilligen Feuerwehr in der Zeitung las, ganz zu schweigen von der Rechnung über einen Fehlalarm.

Wenn Sie es ganz spannend haben wollen – müssen Sie nicht mal gerade auf die Toilette?

Zurück zum roten Blinken und dem grellen Piepston. Mein Gehirn gab mir jedoch zu verstehen, dass die Feuerwehr nun nicht kommen würde.

Ein Freund aus der freiwilligen Feuerwehr hatte mir bereits einige Zeit vorher einen Vortrag über Brandmeldeanlagen gehalten und ich wusste über die Technik Bescheid. Trotzdem musste es nicht sein, dass in ein paar Sekunden die Evakuierungsansage über die Lautsprecher ablief oder die ein paar hundert Meter entfernte Polizei und neugierige Nachbarn vor der Tür stehen. Was mache ich denn jetzt!

Jemanden anrufen? Nein, auf keinen Fall. Otto im Schlafanzug muss ich nicht erleben.

Der Schulleiter... steht tiefenentspannt dreißig Meter weit weg und nippt bei geselligen Gesprächen mit ehemaligen Schülern an seinem Glas Rotwein. Lass den mal lieber dort stehen!

Nachdem ich mich schnell wieder gefasst hatte, drückte ich die Taste QUITTIEREN und atmete kurz auf.

Der Piepston und das rote Blinken verschwanden.

Ich wischte mir den Schweiß von der Stirn.

Gerade nochmal gut gegangen. Ich merkte mir die Kennziffer des auslösenden Melders aus dem Display und begab mich auf den Speicher der Schule, in dem man vor ein paar Jahren Rauchmelder installiert hatte, weil der Dachstuhl komplett aus Holz besteht. Natürlich hatte ich einen Verdacht.

Wäre tatsächlich ein Feuer ausgebrochen, stünde der komplette Dachstock relativ schnell in Flammen.

Der auslösende Rauchmelder befand sich selbstverständlich über der Aula, und die Decke des Saales war, um die Erklärung kurz zu fassen, nicht luftdicht zum darüber liegenden Dachstuhl abgeschlossen. So gelangte eine geringe Menge Nebel tatsächlich in diesen Luftraum und versetzte mich in Angst und Schrecken. Nie hätten wir gedacht, dass die Nebelmaschine, mit der der DJ schon äußerst sparsam umgegangen war, den Voralarm über die darüber liegenden Melder hätte auslösen können.

Seit dieser Geschichte wird, wenn überhaupt, ausschließlich auf den sogenannten CO_2-Nebel zurückgegriffen, der sich nicht so flächendeckend ausbreiten kann und in Sekundenschnelle verdampft.

Diese Geschichte habe ich weder Otto noch Lehrkräften oder dem Schulleiter jemals erzählt. Wenn Sie gerade dabei sind, dieses Buch zu lesen: Nur die Ruhe, es ist ja nichts passiert.

Unser Abi-Scherz

Ein verträumtes Gedudel lief über die Lautsprecheranlage. Zufrieden stand ich morgens um 07:25 Uhr im Sekretariat an der Sprechstelle und hatte den Audioeingang aktiviert, sodass unsere traumhaften, aber teilweise auch nervtötenden Lieder, die wir für den Abi-Scherz ausgesucht hatten, jetzt auf dem kompletten Schulgelände zu hören waren. Und zwar für den

Rest des Tages, denn immer wieder wollten wir das Schulgeschehen mal ordentlich aufmischen.

Richtig nervig wurde es aber erst im Laufe des Tages, um 07:30 Uhr hatten wir zunächst mit „Hey, hallo, Guten Morgen", einem bekannten Kinderlied, gestartet. Es war eine exklusive und beruhigende Atmosphäre, als ich mit Christa und Christa im Sekretariat stand und Christa Nummer eins zufrieden lächelte: „Das ist ja wirklich traumhaft. So könnte das jeden Morgen sein! Echt schön!"
Ich musste mich kurz wieder aufrappeln, denn gemütlich würde der Tag für mich nicht werden. Eigentlich für keinen, denn wir hatten es einfach vollkommen übertrieben.

Am Abend zuvor verbrachten wir rund sieben Stunden damit, Mauern aus Tischen und Bänken zu bauen, Klassenräume komplett leerzuräumen, Kreide zu verstecken, Luftballons aufzublasen, drei Riesen-Netze über den Schulhof zu spannen und und und...
Ach ja, und dann war da noch die aberwitzige Idee, ein Monument auf den Schulhof zu bauen.
Und ich hatte in mühevoller Kleinstarbeit die Legende für die Abkürzungen der Lehrkräfte im Vertretungsplan, die vor dem Lehrerzimmer hing, vorher noch schnell gegen eine fast identische ausgetauscht. Mit ein paar PC-Kenntnissen lässt sich das komplizierte Layout der Stundenplanungs-Software einfach nachbilden.
So kam es, dass zwar die Lehrerkürzel darauf zu sehen

waren, jedoch spontan drei weitere Personen unserer Stufe das Lehrerkollegium augenscheinlich verstärkten.

Ich hätte also direkt mit der Abkürzung „Nm" für Neumann noch andere, täuschend echte Raum- und Stundenpläne anfertigen und mich als Lehrer bei einer fünften Klasse unterjubeln können. Die hätten mich ernst genommen. Sicher. Nur der Konrektor eventuell nicht.

Diese falsche Liste hing ziemlich lange dort, mein Witz war also erst ziemlich spät aufgefallen.

Theoretisch hätten Nils und ich den kompletten Laden mit etwa 55 fiktiven neuen Lehrern in Form des Abiturjahrgangs auf links drehen können.

Nachts hätten wir alle Pläne an den Räumen ausgetauscht, die Beschriftungen an den Schließfächern in den Lehrerzimmern sowie den Raumschildern neu beklebt und nicht zuletzt die große Stunden-Matrix mit den Einträgen aller Unterrichtsstunden und Raumbelegungen vor dem Sekretariat durch eine fiktive ersetzt.

Dazu hätte Otto ein paar Schülern zeitweise einen Schulschlüssel geben können und der komplette Abiturjahrgang, also die fiktiven neuen Lehrkräfte, hätten sich morgens um 07:15 Uhr im Lehrerzimmer und im Kopierraum zum Kaffeetrinken einfinden müssen. Natürlich wäre dann jeder adrett im Hemd gekleidet und mit Aktentasche unterm Arm zum von uns eingeplanten Unterricht im entsprechenden Raum erschienen und alle hätten ganz schön dumm aus der Wäsche geguckt.

Die Damen im Sekretariat und natürlich Otto hätten dann wahrscheinlich Überstunden antreten müssen, um den ganzen Papierkram wieder zurück zu tauschen...

Weiter beim Abi-Scherz: Am Abend zuvor hatte mich Otto noch auf dem Handy angerufen, als ich hinter der Stadthalle bei der Generalprobe zur Abiturfeier stand.

„Ich han dat Schloss jetz mo ausgetauscht, et kommt jetz keiner mehr rinn, außer du un die Schulleitung. Aber nit mit deinem Schlüssel da ausprobieren, nit dat der noch abbricht, dat is en ganz anderes Schloss jetzt."

Die Lehrkräfte waren also mehr oder weniger gezwungen, erst einmal auf dem Hof zu warten, außer die, die in äußerst wichtigen Funktionsstellen beschäftigt waren und somit einen anderen Schlüssel besaßen.

Auch vor den Karnevalstagen pflegte es Otto, einen anderen Schließzylinder in den unmittelbar an einer Hauptstraße gelegenen Eingang einzubauen, da er mal an einem Aschermittwoch einen grundlos ausgeleerten Feuerlöscher samt „Kunstschnee-Dekoration" in der Pausenhalle vorfand...

Zurück zum Thema - zufrieden bedankte ich mich für seinen Arbeitseinsatz, denn zusammen mit ihm hatte ich abgesprochen, das Schloss des Lehrereingangs auszutauschen, sodass am Morgen des Abi-Scherzes so schnell erst mal keine Lehrkraft in das molligwarme Lehrerzimmer hineinkonnte.

Warum sollten diese auch gemütlich hereinspazieren können, wenn wir alle Schülerinnen und Schüler vor dem sonst verschlossenen Gebäude auf dem Hof abfingen? Entweder richtig oder gar nicht – das stand für mich recht schnell fest. Wir hatten sogar überlegt, auf eigene Faust noch einige Lehrerzimmer-Schlösser auszutauschen. Ich hätte das zwar morgens recht schnell im Alleingang zurückbauen können, aber das wollte ich Otto dann doch nicht zumuten. Seine Nerven lagen wahrscheinlich Mittwochsnachmittags bereits blank...

Mittwochs um 15:00 Uhr fingen wir als Technik-Truppe an, die 20 Bühnenpodeste sowie die Musikanlage in der Sporthalle aufzubauen, abends um halb sechs starteten dann wie geplant die heimlichen Arbeiten. Blöd nur, dass um etwa halb vier ein Spieler der Lehrer-Volleyballmannschaft kritisch unsere Bühne in der Halle beäugte und meinte, dass sie „da ja heute Abend dann wohl eher nicht spielen können".
Mist – wieder etwas vergessen, aber das passiert, wenn das Team der Technik nicht in Kenntnis sämtlicher Raumbelegungspläne ist. Das geplante Training der Lehrermannschaft wurde dann spontan abgesagt...

Zuvor lagerten im SV-Raum mehrere Kartons mit dem vorab bestellten Material wie Klebeband, Kabelbinder und – nicht zu vergessen: Die 1000 Luftballons mit Fehldrucken, die ein Stufenkollege günstig ersteigert hatte, weil sie nicht mehr wie üblich vertrieben werden konnten.

Von vornherein war klar, dass unser Abi-Scherz nicht so schnell vergessen werden würde. Im letzten Jahr wurde er einen Tag vorher abgesagt, weil der Jahrgang womöglich Konflikte mit der Schulleitung hatte. Ich muss dazu sagen – wir haben vieles mit der Schulleitung abgesprochen, aber eben nicht alles. Ich denke, das gehört dazu...

Dieser eine Tag im Jahr – an ihm war Ausnahmezustand. Zumindest im Jahr 2016, denn wir haben radikal aufgeräumt. Wo andere nur Chaos verursachten und Tische und Stühle stapelten oder in die Ecke räumten, haben wir, ohne zu zögern „tabula rasa" eingeläutet. Will heißen, es war mehr oder weniger kein Unterrichtsraum der Schule mehr zu gebrauchen, weil Tische und Bänke in einem fast schon patentierten Verfahren (auf jeden Fall sehr kompliziert) zu Mauern in der Mitte der Flure zusammengekettet waren oder diese schlichtweg nicht gefunden wurden, weil die Lehrkräfte im 4. Stock mit ihrem Schlüssel daran scheiterten, den großen Lagerraum aufzuschließen.

Es war also ein unfassbares Chaos, in den ersten drei Stunden konnte kein Unterricht stattfinden – natürlich zum Ärgernis des stellvertretenden Schulleiters. Aber da muss man(n) einfach durch...

Fakt ist, dass der für den Abi-Scherz Verantwortliche unserem betreuenden Lehrer quasi gar keine Informationen über den geplanten Aufbau und vor allem über das riesige Ausmaß hatte zukommen lassen, sodass dieser um spätestens 9 Uhr abends bei einem kühlen Bier zuhause auf dem Sofa sitzen wollte. Für uns hieß das natürlich, dass wir bis dahin aus der Schule raus sein mussten, weil natürlich zugeschlossen werden musste. Durch diesen fehlenden Informationsaustausch entstanden an diesem Abend noch zahlreiche Streitigkeiten, zumal der verantwortliche Mitschüler auch noch für zwei Stunden lang weggefahren war.

Man stelle sich also vor, dass der Lehrer gerne zuschließen und vor allem nach Hause gehen möchte, der Verantwortliche aber unerreichbar ist, jedoch einen Stapel von 100 Seiten Aufbauplänen hinterlassen hat, die unbedingt auch durchgesetzt werden müssen, weil wir ja sonst total unzufrieden wären – schließlich war das UNSER Abi-Scherz, der mal so richtig „reinhauen" sollte.

Man einigte sich schließlich auf eine Lösung.

Es ist nichts weiter Schlimmes passiert, aber ich lag mit Bauchweh hellwach im Bett und konnte nicht schlafen. Aber es war zum Glück alles gut gegangen.

An dieser Stelle war ich mit meiner Entscheidung zufrieden, meinen Schlüssel am Vormittag des Mittwochs offiziell abgegeben zu haben.

Lange hatte ich überlegt, diesen zu behalten und nur für den Notfall zuzugeben, dass ich in Besitz dieses

Schlüssels war, aber diese Verantwortung wollte ich mir dann doch nicht auferlegen.

Der Schulleiter natürlich auch nicht. Es war besser so, dass er an diesem Abend irgendwo verschlossen hing.

Das mittlere Desaster (zumindest für den Schulleiter) präsentierte sich dann in voller Pracht am folgenden Donnerstagmorgen, als die Schule im Ausnahmezustand war. Der komplette Abiturjahrgang war pünktlich um 07:15 Uhr erschienen, ich stand in Arbeitsmontur im Sekretariat an der Lautsprecheranlage, ein anderer mit Handy und AUX-Kabel am Audioeingang in der Pausenhalle, um unser eigens geschnittenes Intro abspielen zu können.

Der Vormittag war für die Schüler eine Entspannung, denn schließlich konnte ja fast kein Unterricht stattfinden – und wenn dann doch eine Klassenarbeit im unveränderten Biologieraum geschrieben wurde, dann nur mit lautstarker Unterbrechung durch ein äußerst bekanntes Musikstück einer Hitparade.

Wir ließen es uns nämlich nicht nehmen, gegen Ende der vierten Stunde die Polonäse-Musik über die Lautsprecheranlage abzuspielen und selbst mit etwa 60 Leuten durchs Schulhaus und das Lehrerzimmer zu marschieren. Die Taktik hat funktioniert: Im Schulhaus waren etwa vier längere Menschenketten unterwegs, die sich überrascht im Treppenhaus begegneten, Lehrer machten mit und alle Beteiligten hatten eine Menge Spaß.

Ich übrigens auch deswegen, weil ich zu der Zeit dabei war, in Arbeitsmontur die Tannennadeln der zwei aufgestellten Weihnachtsbäume im dritten Stock aufzukehren, um das Aufräumen am Nachmittag zu entlasten. Verwundert sahen mich dabei zwei fünfte Klassen an und fragten mich, ob ich Lehrer sei, als ich angeboten hatte, nach längerer Wartezeit ihnen den Klassenraum aufzuschließen. Grotesk.

An diesem Tag ging ich viel herum, mal schaute ich in der Sporthalle dem regen Treiben zu, mal baute ich nach Aufforderung durch den stellvertretenden Schulleiter mit Seitenschneider bewaffnet die Tischmauern ab, entfernte Klebereste, schloss die Lagerräume der versteckten Tische auf, führte kleine Gespräche mit dem Schulleiter oder den Putzfrauen, lachte mit Mitschülern oder saß einfach nur im „Büro", sprich dem Technik-Lager, um mal einen Schluck Wasser zu trinken.
Oder aber ich regte mich über die Aufkleber von unserem Abiturmotto auf, die mittlerweile wirklich überall hingen.
An Deckenlampen, Stühlen, Tischen, Durchlauferhitzern, Laternenpfählen in New York, Amsterdam, Tokio oder aber an den Kacheln in den Schülertoiletten. Es wurde maßlos übertrieben, insbesondere am Abi-Scherz wurden die letzten Reste verarbeitet – zum großen Ärgernis von Otto und unserem Schulleiter. Aber so ist das nun mal, wenn man 3.000 Aufkleber zum Preis von 1.000 bekommt und wir einen solch verrückten Jahrgang darstellten...

Verausgaben konnte ich mich heute am Abi-Scherz jedoch nicht, denn abends stand ja die zweite Generalprobe für die Abiturfeier in der Stadthalle an.

Der letzte Schultag meines Lebens

...war wie ein ganz normaler Schultag. Mit der Ausnahme, dass ich am darauffolgenden Montag erneut morgens in der Schule aufkreuzte, weil es natürlich noch Dinge zwecks unserem Abischerz und der Abiturfeier zu besprechen gab.

Einige wenige Mitschülerinnen und Mitschüler waren ebenfalls anwesend, um für diese Anlässe noch die letzten Kleinigkeiten zu vereinbaren.

Gegen Mittag wollte ich gerade mit einem Stufenkollegen zusammen den SV-Raum verlassen, als plötzlich der Oberstufenleiter im Vorbeigehen abrupt abbremste, sich im Türrahmen vor mir aufbaute und mir mit einem Grinsen im Gesicht nach kurzem Überlegen mitteilte: *„Lukas..., Du musst hier nicht mehr sein! Du musst nicht mehr kommen!"*

Diesen Hinweis nahm ich dankend zur Kenntnis, erklärte aber meine Anwesenheit daraufhin nur mit den Worten „Es gibt noch paar Sachen zu klären... Sie kennen mich ja, so schnell bin ich hier nicht weg."
Er grinste nur und ging weiter.

Nach meinem Abitur hat man sich im Lehrpersonal grundsätzlich damit abgefunden, dass der Lukas sowieso zu jedem besonderen Anlass kommt (also etwa fünf bis sieben Mal im Jahr) oder auch in seinem Sommerurlaub mal das halbe Lager umräumt, in den Klassen Werbung für Nachwuchsgewinnung der Technik-AG macht, Elektroschrott zu Ottos Abstellkammer bringt oder mit Technikkonzepten und Laptop in der Hand im Türrahmen vom Schulleiter steht.

Das ist ziemlich zügig als normal angesehen worden, was mir sehr gelegen kam. Es musste nicht sein, dass man mich immer mit „Ach, du wieder hier? *Schon* wieder?" begrüßte. So ist es halt. **Ich weiß, ich muss hier nicht sein, aber mir macht es halt Spaß!**

Unsere Abiturfeier

Habe ich in meinem Leben jemals bereut, Veranstaltungen zu organisieren? Nein, eigentlich nicht. Jedoch war ich bei der Organisation der Abiturfeier kurz davor, einen Nervenzusammenbruch zu erleiden. Es war keineswegs das geplante Programm oder die technischen Angelegenheiten, die mich zur Verzweiflung brachten. Vielmehr war es die Erkenntnis, wie viel Lärm um nichts einen Haufen von etwa 90 Menschen ungefähr so in Aufruhr brachten, als ob man in einen Ameisenhaufen getreten wäre. Es ging um die Sitzordnung.

Als ob ich vor dem mündlichen Abitur nicht schon genug für meine Prüfungen zu lernen hätte, habe ich mich tatsächlich darauf gefreut, die Sitzordnung für die Abiturfeier zusammen zu puzzeln. Einige Zeit zuvor hatte ich ein Onlineformular erstellt, wo jeder seinen Sitzplatzwunsch äußern konnte. Erfreulicherweise musste ich nur etwa vier Leuten zwei Tage lang hinterherlaufen, um all meine Infos zu bekommen.

Es bestand im Vorfeld bereits ohnehin das Problem, dass laut Brandschutzverordnung und aller geltenden Vorschriften unsere örtliche Stadthalle mit maximal 352 Sitzplätzen bestuhlt werden konnte – und durfte. Wir, rund 90 Schüler mit drei Familienmitgliedern, hatten zwar theoretisch unseren Platz, jedoch wollten etwa 30 Lehrer und die SV auch noch gemütlich im Saal sitzen.

Daraus ergaben sich lange Diskussionen innerhalb des Organisationsteams, wie wir jetzt 390 Personen in einen Saal mit 352 Plätzen hereinstopfen –

Ergebnis: gar nicht.

Problem: Es muss gehen.

Folge: Jeder darf nur zwei Familienmitglieder mitbringen.

Problem: Oh je, das geht doch nicht, meine Oma muss doch auch unbedingt dabei sein.

Erkenntnis: Während des offiziellen Teils sitzen wir als Abiturienten selbst doch gar nicht im Saal, sondern auf den 90 Stühlen auf der Bühne – eben auf dem Präsentierteller. Ach ja, richtig. Also, der Sitzplan wäre dann nur für den inoffiziellen Teil. Gott sei Dank. Und Gott sei Dank wollten dann doch nicht alle noch ihre Oma oder Tante mitbringen, sodass es mir nach langem Hin- und Her-Puzzeln tatsächlich gelang, die Dreier- und Vierergrüppchen im Saal so zu positionieren, dass jede Familie neben einer befreundeten Familie sitzt oder zumindest neben Menschen, die sich schon einmal vorher kennengelernt hatten. Und wenn nicht, ist ein Durchgang dazwischen. Wenn mein Hirn nicht im falschen Moment versagt hätte, wären mir auch nervige Erklärungen erspart geblieben. Ich hatte tatsächlich ein paar Leuten genehmigt, Karten und somit Sitzplätze zu tauschen. Au weia. Ungleichbehandlung. Ein absolutes No-Go im sonst so demokratischen Schulwesen. So kam es, dass fünf Karten an manche Familien ausgegeben wurden, wenn andere entsprechend eine weniger erhielten. *Lukas, wir hatten doch gesagt, es wird nichts getauscht!* Ach ja, da war was, aber zu diesem Zeitpunkt hatten bereits einige Tauschhandlungen stattgefunden. *Der fünfte Platz ist ein Stehplatz, Lukas!* – Stimmt, also aufatmen, der Sitzplan muss nicht noch einmal umgeworfen werden.

Was war das für ein riesiger Trubel in unserer Chatgruppe... Zitat eines Stufenkollegen: „*[Die] Mündliche [Abiturprüfung] morgen ist ein Schei* gegen das hier!*"

Es konnten also 99 Prozent aller Wünsche berücksichtigt werden – dank eines zuvorkommenden Kompromisses mit dem Hallenmanager.

Ausgedruckt, abgeheftet, bereit für Freitag. Wieder ein Problem gelöst.

Unser Kassenwart fing frühzeitig an, die große Excel-Tabelle anzulegen, um die Bezahlung der reservierten Karten zu verwalten. Dagegen war meine Odyssee mit dem Hinterherrennen noch gar nichts. Bis heute stehen noch ein paar offene Rechnungen über das Pizzaessen am Weihnachtsball oder zwei bis drei bestellte T-Shirts aus, die noch beglichen werden müssten.

Zu allem Unglück stand bereits im Vorfeld fest, dass der wichtigste Lichttechniker aus unserer Technik-Truppe einer relevanten privaten Familienfeier und unser wichtigster Tontechniker einem unverzichtbaren Tennisturnier beiwohnen musste.

Ich musste also an der für mich wichtigsten Veranstaltung umplanen, wobei mir gar nicht so wohl war. Es musste ja alles perfekt passen – und wirklich zuverlässig konnte das nur mit den alteingesessenen Technikern funktionieren. Ich erklärte also kurzerhand Nils in einem 30-minütigen Crashkurs die Funktionsweise des Lichtsteuerungsprogramms und druckte ihm extra detaillierte Pläne für den Ablauf des Programms aus.

Erfreulicherweise sprang der Sohn des Hallenmeisters an der Tontechnik ein, der sich bereits einigermaßen auskannte und später zu uns in die Technik-Crew kam.

Und wenn der Hallenmeister dann doch einmal mit kritischem Blick auf die Bühne sah und ein Fleck zu dunkel ausgeleuchtet war, sprang er spontan ein und korrigierte die technischen Kleinigkeiten selbst. Ein Hoch auf unkomplizierte und hilfsbereite Menschen! Ein weiteres Problem gelöst.

Zuvor hatten wir, wie schon erwähnt und modern, wie wir ja waren, ein spezielles Formular über das Internet angelegt, in dem jeder zusätzlich angeben konnte, welchen Salat und welchen Nachtisch er mitbringt, ob Sonderwünsche (rollstuhlgerecht) berücksichtigt werden müssen und ob voraussichtlich zum inoffiziellen Teil noch weitere Familienmitglieder kommen.

Dies erleichterte die Planungen zur Abiturfeier erheblich, aber wehe, man hat es mit solchen Leuten zu tun, die erst nach der vierten Nachricht nach zwei Wochen wütend reagieren und notgedrungen das Formular ausfüllen. Es dauert doch nur fünf Minuten!

Bereits am Mittwochabend dieser Woche starteten wir in der Stadthalle mit dem Aufbau für die am Freitagnachmittag bevorstehende Abiturfeier, zu der all unsere Familien eingeladen waren.

Wir begannen also, die knapp 50 Tische in der Halle aufzustellen und die 380 Stühle zu verteilen. Unser Kassenwart zog, mit Maßband bewaffnet, exakte Linien, um auch die Vorschriften einzuhalten, während unsere Dekorations-Beauftragte sich bereits über den Hallenmeister aufregte, der unsere Kerzen auf den Tischen verweigerte. Sie dürften nicht angezündet werden, hieß es, und so folgte eine kleine Diskussion darüber, wie man jetzt am besten diese extra besorgten Kerzen unbrauchbar machen konnte. Kopfschüttelnd verweigerte er das Abschneiden des Dochtes und demonstrierte, wie die Besucher es auch mit einigem Aufwand schaffen würden, trotzdem die Kerze anzuzünden – man merke sich, dass es in öffentlichen Gebäuden allerhöchstens Teelichter sein dürfen, die nicht umfallen können – und wenn, dann auch in höheren Kerzengläsern.

Gut, Kerzenfrage geklärt.

Blieb dann noch das Aufhängen einiger zuvor bestellter Fischernetze sowie die Tischdecken, Servietten und Namensschilder auf den Tischen.

Unter neugierigen Blicken verlegte ich dann noch 50 Meter Netzwerkkabel durch die Halle, damit der von uns extra erstellte Film zu Beginn von oben aus dem Regieraum heraus abgespielt werden konnte. Ach ja, da war dann noch dieser Film. Hier das Drehbuch:

Unser „Stufen-Papa" hatte die zündende Idee, nach einer heftigen Feier mit allen anderen vollkommen verkatert im MSS[2]-Aufenthaltsraum aufzuwachen, schockiert festzustellen, dass in einer Stunde die Abiturfeier startet und eilig durch die Stadt bis hin zur Stadthalle zu rennen.

Das sollte alles den offiziellen Trailer zur Abiturfeier schmücken, bei dem auch unser Schulleiter eine bedeutende Rolle hatte.

„Soll ich im Fußballtrikot kommen?" fragte er, als unser Stufen-Papa und ich bei ihm im Büro saßen und wir, also ich beim Verzehr einer seiner Schokoladenriegel,

---

[2] MSS: Mainzer Studienstufe, gymnasiale Oberstufe in Rheinland-Pfalz

die Idee von diesem Trailer präsentiert hatten.

Er würde uns im Film aufwecken, *aber mit seiner Trillerpfeife*, schlug er vor. Es entstand also ein Video, indem etwa 45 Schülerinnen und Schüler verkatert im MSS-Aufenthaltsraum aufwachen, der Schulleiter uns sucht, entdeckt und schließlich mit seiner Krawall-Pfeife und einem lauten „STUFE 0! AUFSTEHEN!" aus den Träumen reißt. Daraufhin begeben sich die Mädels hektisch zur Toilette, um sich umzuziehen und fertig zu machen, unser Kassenwart springt auf sein Fahrrad, ein paar Jungs steigen ins Auto, während einer im offenen Kofferraum sitzt und ich mich – mit Musikanlage bewaffnet – und den 30 anderen im Schlepptau durch die Fußgängerzone zur Stadthalle renne.

Gefilmt wurde das zusätzlich von unserem Foto- und Videoprofi mit einer Kameradrohne.

Bis dahin, wo wir schließlich in festlicher Garderobe vor der Stadthalle stehen, die Krawatte richten und entschlossen hineingehen.

Das stellt quasi einen direkten Übergang ins Geschehen auf der Feier vor Ort dar, denn während die Szene vor der Stadthalle drin auf Leinwand läuft, marschieren wir tatsächlich drei Sekunden später entschlossen durch den Mittelgang ein.

Parallel dazu laufen zu fetziger Musik alle 90 Fotos von unserem Jahrgang durch, die Technik-Crew startet die Lichtshow mit blinkenden blauen Lichtkegeln und ich mache hoffentlich drei Kreuze, dass dieser Einmarsch wie geplant abläuft.

Aber bevor es dazu kommen konnte, liefen Freitags-morgens noch die letzten Vorbereitungen. Nachdem ich mich gegen 13 Uhr unten in den Künstlergarde-roben in Schale geschmissen hatte (alle anderen gin-gen nach Hause, ich hatte jedoch keine Zeit dafür) führte ich zusammen mit den Technikern letzte Checks durch und begab mich – eigentlich wider Wil-len – auf zur Kirche, wo bereits unsere Familien war-teten und der Gottesdienst stattfand.

„WAS ISSN MIT DEM SEKT?" schrie Nils durch den Telefonhörer, nachdem er mich vor der Kirche angerufen hatte. Bewusst hatte ich mein Handy nicht lautlos geschaltet, denn ich wusste, dass sowieso noch etwas anfällt.

Nils sorgte zusammen mit einigen Zwölft-Klässlern dafür, dass einige Posten wie Garderobendienst oder Hilfe beim Catering besetzt waren.

Vollkommen irritiert rappelte ich mich auf und schil-derte, dass doch bitte gleich der Sektempfang bereit sein sollte.

Nur war dieser leider nicht vorher geplant gewesen, bzw. wusste die Stufe zwölf nichts von ihrem Glück, bis Nils im Kühlhaus die aufgestapelten Sektkartons entdeckte. Mist, da war dann doch noch etwas...

Ich stand schließlich im Anzug mit meiner Mutter und ihrem Lebensgefährten vor der Kirche und konnte jetzt nicht hinübereilen und alles richten, da-her beschlossen wir kurzerhand, den Sektempfang auf später zu verlegen, die Zeit würde sowieso schon knapp genug sein.

Nach dem Gottesdienst begaben wir uns zum Rathaus, vor dem unser Stufen-Papa noch einen Scheck überreicht bekommen hatte. Wir hatten über das soziale Netzwerk mit dem blauen F bei einem Gewinnspiel gewonnen und durften uns nun über einen Zuschuss freuen.

Als auch das klassische „Zahlreiche Abiturienten erfolgreich verabschiedet"-Foto erfolgreich geknipst wurde, hieß es bereit machen zum Einmarsch. Während unsere Eltern sich im Saal versammelten, rannte ich hektisch zwischen Technikstand im Obergeschoss und Beginn der Warteschlange zum Einmarsch umher, um letzte Details wegen des Ablaufs zu klären.

Zu schade fand ich es, dass ich nicht selbst diesen feierlichen Akt, insbesondere mit dem abgespielten Film, aus dem Publikum miterleben konnte. Der Trailer kam jedenfalls sehr gut an und erneut zeigte sich, wie innovativ wir im Vergleich zu anderen Jahrgängen doch waren. Von allen Seiten war Lob zu hören.

Im offiziellen Teil der Feier saßen wir überwiegend gelangweilt auf der Bühne, dachten an das leckere, warme Abendessen und klatschten gezwungenermaßen, wenn jemand seine Rede beendete oder ein Mitschüler sein Zeugnis hatte verliehen bekommen.

Ich schreckte aus meinen Träumen hoch, als mein Name aufgerufen wurde und gespannt lauschte ich der Rede des Schulleiters. Tatsächlich hatte er es geschafft und hatte sich dafür eingesetzt, dass die Urkunde des Bildungsministeriums für besonderes Engagement im schulischen Bereich zwei Mal verliehen wird – an unseren Stufen-Papa und – mich.

Damit hatte ich nicht gerechnet, allerhöchstens mit der Urkunde des Schulleiters. Glücklich hielt ich den Aktenstapel in der Hand, der auch noch ein dickes Buchgeschenk beinhaltete, während noch zwei Fotos gemacht wurden.

Ich war jedoch heilfroh, als der offizielle Teil und damit das Langweilen auf der Bühne vorbei war und ich endlich etwas zu Essen bekam, mich zu meiner Familie und Freunden setzen konnte und so auch mal die Techniker ermahnen konnte, warum sie die zwei mich blendenden Strahler – direkt vor mir auf der Bühne – nicht ausgeschaltet hatten. Hätte ich in der hintersten Reihe auf der Bühne gesessen, wäre eine kurze Nachricht nicht das Problem gewesen, ich saß jedoch in der vordersten Reihe, sodass ich keinesfalls mein Handy zücken konnte.

Ich ärgerte mich zwar über den von mir selbst ungünstig positionierten, unverschämt hell eingestellten LED-Scheinwerfer, der mir ins Gesicht schien, konnte ihn aber während eines Rednerwechsels kurzerhand umstellen.

Was für zwei aufregende Tage, an die ich mich nach wie vor sehr gerne erinnere.

DAS DENKMAL

Die Tatsache, dass das Schulgelände während des Abischerzes im Ausnahmezustand war, reichte uns von vornherein nicht. Also hatte man beschlossen, am Vorabend ein Denkmal aufzustellen.

Und mit einem Denkmal meine ich keine Holzschnitzerei in einer Vitrine, sondern ein stabiles, gemauertes Betondenkmal auf dem Schulhof. Oben drauf prangerte ein aus Holz geschnitztes Monument mit den Symbolen des Abiturmottos.

Der Koloss wurde kurzerhand am Abend zuvor von ein paar Jungs hochgezogen – mit entsprechender Ausrüstung: Eine Ecke des Hofes glich der Baustelle eines Einfamilienhauses, der Schulleiter und Hausmeister Otto saßen wahrscheinlich gerade bei einem Kaltgetränk zuhause auf der Couch und dachten an nichts Böses.

Direkt nachdem an jenem Morgen unserem Hausmeister der Schock ins Gesicht geschrieben stand, hatte diese Aktion natürlich Wellen durch sämtliche Behörden geschlagen und so musste unser Stufen-Papa sich in ein paar E-Mails mit dem Bauamt, einer Versicherung und sonstigen Personen rechtfertigen und kämpfte zeitweise dafür, dass das Denkmal auf dem Hof stehen bleiben konnte.

Das war jedoch aufgrund bestehender Bauvorschriften unmöglich, denn im Falle eines Brandes könne die Feuerwehr das Gebäude nicht ordnungsgemäß erreichen und die Statik war natürlich nicht geprüft.

Der Schulleiter zeigte Verständnis, hätten wir das vorher mit ihm abgesprochen und einen Platz vereinbart, wäre eventuell die Möglichkeit da gewesen, es dort stehen zu lassen.

In einem kurzen Prozess und dank Ottos helfenden Händen hatte man es also wieder abgerissen.

Wie nach jeder Veranstaltung war es auch kurz nach der Abiturfeier so, dass es, neben dem Abreißen des Denkmals, noch ein paar Kleinigkeiten zu erledigen gab. Leuten Bescheid zu geben, dass noch Sachen von ihnen im SV-Raum oder im Oberstufen-Aufenthaltsraum liegen geblieben waren, meine Privatausstattung wieder ins Auto einladen... da gab es schon immer noch genug aufzuräumen.

Natürlich stand für das ruhige Gewissen traditionsgemäß an der Tagesordnung, Otto und den Schulleiter aufzusuchen und nachzuhaken, ob sie mental alles gut überstanden hatten.

In einem Nebensatz fragte ich natürlich immer nach, wie es aus ihrer Sicht gelaufen war.

Wir als Techniker brauchten ja auch Feedback, mir ist schon immer wichtig gewesen, Lob, aber auch konstruktive Kritik einzusammeln und zu verarbeiten.

Bundesjugendspiele 2016

Zur Abwechslung beschlossen wir im „Zentralrat der Techniker", auch mal das jährlich stattfindende Sport-Spektakel mit Musik zu beschallen.

Hier erreichten uns E-Mails mit kuriosen Musikwünschen.

Bei den gewünschten Titeln wären alle Lehrkräfte

rückwärts aus dem Stadion herausgegangen und der Schulleiter hätte wahrscheinlich den Stecker gezogen...

Die Feiertags-Aktion

Es war das erste Wiedersehen in der Schule seit dem Abi-Scherz im März, es begann die Projektwoche, bei der ich mit der Technik-Crew noch ein Projekt zur Gewinnung von Nachwuchs angeboten hatte.

„Na, wieder schwer am Schaffen?"
Ich zuckte zusammen, aber dieses Mal war mein Puls wirklich auf 220.
Hausmeister Otto marschierte verdrossen auf mich zu, nachdem er unter meiner Schockstarre um die Ecke gebogen kam.
Es war Feiertag, Pfingsten, und wir waren natürlich am Arbeiten.
In der Schule.
Feiertags.
Ja!

Wir waren zu dritt da, um die Aula für die Projektwoche herzurichten und trugen ein paar Computer und Tische in den Saal, wo spätere Nachfolger aus der Technik-Truppe praktisch das Programmieren von Lichttechnik üben sollten.
Es war gerade ein Feiertag – das war das Problem.
Nils hatte dem Schulleiter Bescheid gegeben, der die Nachricht aber wohl nicht wahrgenommen hatte.

Fakt war: Otto wusste nichts davon, dass wir an diesem Montag in der Schule waren, beziehungsweise erst dann, als er uns live und in Farbe im Gebäude überraschte.

„Na, wieder schwer am Schaffen?" – Äh, ja, muss ja... (verlegenes Grinsen von mir) – *„Dann noch frohes Schaffen!"*

Das war es schon, der Dialog zwischen Otto und mir, von dem ich eigentlich Schlimmeres erwartet hatte, mal wieder einen „Aufreger". Aber der blieb aus, wahrscheinlich kochte Otto nur innerlich. Aber es gab nichts, keine Ermahnung, nichts. *„Dann noch frohes Schaffen!"*... Ich stand perplex noch etwa 20 Sekunden bewegungslos vor unserem Technikbüro, bis ich mich zusammenraffte und die Situation realisierte.
Gut – also, weitermachen! Unglücklicherweise hatte er wieder mich alleine erwischt, die anderen waren in der Aula, ich wollte gerade etwas holen gehen.
Als ich Nils von der Begegnung erzählte, beruhigte er mein schlechtes Gewissen durch die Tatsache, dass er ja dem Schulleiter Bescheid gegeben hat.

Am Dienstagmorgen wurde ich im Sekretariat schon etwas griesgrämig begrüßt, sodass ich direkt wusste, dass die frohe Botschaft schon durch die halbe Schule getragen wurde.
Zu allem Übel aber war auch noch die Heizungsanlage über Nacht ausgefallen, wofür wir natürlich verantwortlich gemacht wurden, weil wir ja in der Schule waren. Was die Ursache der technischen Panne war, ist bis heute noch unklar.

Mir war wichtig, dass diese Krise sofort wieder beseitigt wird, also machten wir uns direkt auf in den Skikeller, wo wir sowohl Otto als auch den Schulleiter angetroffen hatten, sodass direkt wieder alle Übel aus dem Weg geräumt werden konnten.

„Die Nachbarn, wenn die ein Licht sehen und dann die Polizei rufen..." – das war seine größte Angst. Aber das ist ja auch in Ordnung so.

Das Rolltor

Einmal führte unser Drang nach Ordnung (nach getaner Arbeit) an einem Abend zu weit, weil wir ein Rolltor in einem Eingangsbereich heruntergelassen hatten, welches laut Otto niemand mehr in Gang setzen sollte.

Auch diese frohe Botschaft schlug am darauffolgenden Morgen schon ihre Runden durchs Personal und so musste ich durchaus genervt im Sekretariat schon zum zweiten Mal darauf hinweisen, dass ich mir die kleine Standpauke bei Otto persönlich schon angehört hatte und quasi alle Ampeln wieder auf grün sind.

Projektwoche und Schulfest 2016

Wir hatten in der Technik-Crew unser Projekt zur Nachwuchsgewinnung sehr gut durchgeplant, wie bereits der Aufbau am Feiertag bewies – die Projektteilnehmer wurden in drei Gruppen aufgeteilt, sodass man mit etwa vier Personen intensiv an einem Thema arbeiten konnte – sei es die Programmierung einer Lichtsteuerung, das korrekte Einpegeln am Tonmischpult oder aber das leidige Thema Rechtliches & Vorschriften oder „No-Go's" bei Veranstaltungen, welches ich den Kleingruppen vermittelte, bzw. zu vermitteln versuchte.

Natürlich war das keine Rechtsberatung, aber ein paar Infos mit Blick über den Tellerrand haben noch nie geschadet. Bei mir lernten die Teilnehmer ein kleines Veranstaltungs-ABC kennen, das ich einige Wochen zuvor in einer Präsentation vorbereitet hatte und sogar absolute menschliche Basics vermittelte wie „Ich hebe Abfallstücke auf, wenn ich sie vorfinde und denke nicht ´Das war ich nicht, geht mich nichts an´!"

Ja, sogar solche grundlegenden Dinge gilt es heutzutage zu vermitteln... Im Rahmen einer professionell durchgeführten Veranstaltung sind solche menschlichen Grundsätze jedoch unverzichtbar.

Was sollten Besucher denken, wenn Sie den effektvoll eingeleuchteten Saal betreten und vor ihrer Nase eine leere Pfandflasche sowie ein Papierknäuel liegen? Versuchen Sie mal, dies einer Gruppe pubertierender Schüler beizubringen. Sie sehen es zwar ein, aber innerhalb von zwei Tagen kommt sehr wahrscheinlich die „Ist-mir-doch-egal-Haltung" wieder – wenn Sie denn überhaupt ein Auge für solche Feinheiten entwickeln.

Wie dem auch sei, in der Projektwoche selbst unternahmen wir noch einen Ausflug in eine große Veranstaltungshalle, die etwa eine halbe Stunde Autofahrt entfernt lag.

Bis diese Exkursion überhaupt stattfinden konnte, musste ich jedoch im Vorfeld per Kurznachrichtendienst meine ehemalige Deutschlehrerin anschreiben, ob diese unsere Projektteilnehmer während der Zugfahrt beaufsichtigen konnte. Zwar war ich über 18 Jahre alt, eine Lehrkraft musste bei einem solchen Ausflug jedoch dabei sein.

Wie sich herausstellte, war der Angestellte der Veranstaltungshalle der Nachbar der Lehrerin und infolgedessen war unsere Führung durch die Halle von einem anhaltenden Kaffeekränzchen der Beiden gespickt – *„DU hier? Ich wusste gar nicht, dass du hier arbeitest!"*

Die Projektteilnehmer und wir selber lernten noch einige eindrucksvolle Dinge über die Veranstaltungstechnik kennen, bis hin zur Induktionsschleife im Fußboden für gehörgeschädigte Menschen, für die der abgespielte Ton während einer Veranstaltung oder Tagung drahtlos an Hörgeräte übermittelt werden kann.

Wir beendeten die Exkursion nach einigen Beschwerden bereits vor der Halle (*„Ich will aber noch*

hier einkaufen gehen!"), sodass die Teilnehmer in Eigen-
regie ihre Fahrt nach Hause organisieren mussten.
Am Mittwochabend wurde ich von Nils noch zu einem Sondereinsatz gerufen, da Otto im Laufe der
Woche erkrankte.

Bei meinem hausmeisterlichen Tatendrang und in
Anbetracht der bevorstehenden Veranstaltung mit
hohem Publikumsverkehr gehörte es natürlich auch
dazu, Steckdosen im Flur festzuschrauben, wenn es
kein anderer macht. So schnell konnte ein Ersatz-
hausmeister nicht zur Stelle sein – und immerhin
mache ich das ja gerne.

Erstaunt über das Ausmaß meines inoffiziellen Haus-
meister-Vertretungs-Postens nahm ich donnerstag-
morgens natürlich auch grinsend den Auftrag an, einen Computer im Kunstraum gegen einen aus dem
heiligen Serverraum auszutauschen. Perfekt!
So könnte das immer sein, als Hausmeister fühle ich
mich wirklich wohl.
Als sich dann noch meine ehemalige Religionslehrerin
über fehlenden Strom auf dem Schulhof beklagte, erklärte ich in meiner Gelassenheit, dass es eben nicht
funktioniert, zwei Elektro-Grills an einen Stromkreis
anzuschließen.
Nach einem gekonnten Gang zum Sicherungskasten
ließ sich auch dieses Problem in kurzer Zeit beheben,
da sich laut Frau H. der Lukas *„hier ja auch alles in- und
auswendig kennt, wenn der Otto nicht da ist."*

Zum Stichwort Ersatz-Hausmeister gibt es noch eine schöne Geschichte:

Am Freitag der Projektwoche, also am Vorabend des Schulfestes, durfte ich der Hochzeit meines Cousins beiwohnen. Nils hatte ich das früh genug mitgeteilt, also war er abends noch da, kontrollierte die Räume, die für das Vorstellen der Projektarbeiten genutzt werden auf unnötiges Material wie Overheadprojektoren oder private Gegenstände einer Klasse, die verschwinden oder kaputt gehen könnten.

Ich verließ das Schulgelände um 17:15 Uhr und dass heute Abend noch Ottos Vertretung vorbeikommen würde, um zuzuschließen, war klar.

Mit Ersatz-Hausmeister Manni hatte Nils bereits schon einmal eine Begegnung gehabt, die heutige würde ihm jedoch zeigen, was hier abläuft.

Nein, es war nicht normal, dass Schüler zu späterer Stunde abends noch in der Schule verweilten, um das Schulfest vorzubereiten.

Damit wurde er dann auch konfrontiert, als er auf dem Schulhof vorfuhr und sich über das rote Auto von Nils wunderte. Etwas verdutzt von Nils' schlagfertiger Erklärung, er würde noch dableiben, machte er sich auf, um die übliche Abschließe-Runde zu drehen und rief sogar noch Otto an, weil für den Grill am darauffolgenden Morgen noch eine Gasflasche benötigt wurde.

Freitagsmittags traf ich noch eine historische Entscheidung: Ich hatte ohnehin nicht vor, lange auf der Hochzeit zu bleiben und machte mich demnach gegen 22:15 Uhr wieder auf – allerdings nicht nach

Hause, sondern in die Schule, wo ich mich mit Nils zu einer kurzen Lagebesprechung traf. Meiner Mutter hatte ich das verschwiegen, das war besser so.

Das Uhrenradio in unserem vorrübergehenden Büro, welches morgens beim Beziehen eingesteckt wurde, zeigte mittlerweile ungefähr 14 Stunden Einschaltdauer an. Nils und ich grinsten uns an – das sollten wir lieber keinem erzählen.

Gegen 21 Uhr schrieb mir Nils:

> So was gibts schöneres als bei sonnenuntergangsstimmung zufrieden die müllcontainer in den fahrradkeller zu fahren? 😍 🥲
>
> 20:38

> 😎 👍
>
> 21:13 ✓✓

Er hatte noch die letzten Kleinigkeiten erledigt, also die hässlichen Müllcontainer vom Schulhof beseitigt, während ich auf der Hochzeit meines Cousins für die Musik sorgte...

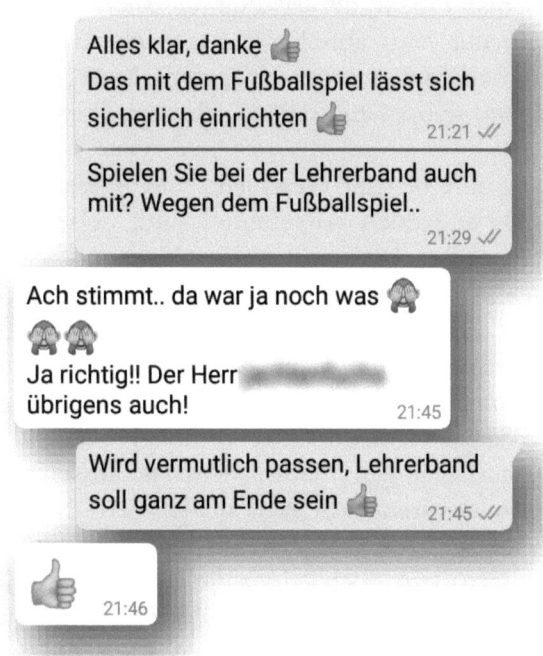

Hier gab es wohl einen nicht bedachten Terminkonflikt bei einer Lehrkraft, die wohl ihren Einsatzplan beim Schulfest vergessen hat…

DIE AUTOSCHAU

Im Zuge des Technik-Aufbaus für das Schulfest war es in diesem Jahr von Nöten, ein digitales Mischpult für die Tontechnik bei einem unserer Partner hinzu zu mieten. Leider fand sich kurz vor der Veranstaltung niemand mehr, der das Pult mit einem geräumigen Fahrzeug hätte abholen können. Ich war anderweitig beschäftigt und so fuhr Technik-Kollege Jonas kurzerhand selbst – mit seinem silbernen Corsa.

Ich hatte mir bei der Geschichte nichts weiter gedacht, als er jedoch vorgefahren kam, fiel mir die Kinnlade runter. Fassungslos marschierte ich um die geöffneten Türen herum und rätselte, wie sie das Ungetüm in den Kofferraum verfrachtetet hatten. Die Kiste stieß an allen Ecken und Kanten an und ich konnte mir tatsächlich keinen Reim darauf machen, wie man die jetzt wieder da herausholen solle. Als ob man versucht hätte, mit Gewalt einen Schlüssel in ein nicht dazu gehörendes Schloss zu hämmern. Nur war im Kofferraum von Gewalt keine Spur zu sehen.
Viel mehr irritierte mich jedoch die Tatsache, dass Jonas' silberner Kleinwagen inmitten der geschlossenen Pausenhalle stand, nebst Tischtennisplatte und Sitzgruppe.
Nils wies bereits auf die bei Umbauarbeiten halb provisorisch geflickten Bodenfliesen und die Türschwelle hin, die eventuell nicht für das Befahren mit Fahrzeugen vorgesehen waren. Zum Glück war es bereits nach Ottos planmäßigem Feierabend und niemand sah uns bei der Aktion zu – besser so.

Leider fand ich kein KFZ-Schild mit der Aufschrift „GEBRAUCHTWAGEN", sonst hätten wir eine Autoschau veranstalten können.

114

Am Schulfest selbst starteten wir um 06:30 Uhr morgens mit dem Aufbau. Zwar gab es dieses Mal keine große Bühne, LED-Wall und andere aufwendigen Aufbauten, aber immerhin mussten die 20 Bühnenpodeste aus dem Keller herbei und aufgebaut werden.

Dieses Mal waren wir zum Glück gut in der Zeit, um 09:30 Uhr war alles bereit, sodass es um 10 Uhr losgehen konnte. Nicht wie beim letzten Schulfest, bei dem der Schulleiter um 14 Uhr mit einem nicht funktionierenden Mikrofon zu kämpfen hatte und keine Zeit für Soundchecks geblieben war.

Entwicklungen in der Technik-Crew

Im Frühjahr 2016, nachdem die Projektwoche beendet war, ging es für die Technik-Truppe dann noch mal richtig weiter. In einem angesetzten Nachtreffen konnten sich diejenigen aus dem Projekt melden, die ernsthaft zu uns ins Team wollten und auch für einige Zeit mit uns arbeiten wollten.

Nachdem das Team so neu zusammengestellt worden war, organisierten wir recht zügig einheitlich bedruckte T-Shirts und luden alle zu einem Fototermin ein, wo neben einem Teamfoto auch Einzelfotos für unsere Homepage geschossen wurden.

Es sollte vor den anstehenden Sommerferien noch einmal einen Schub an Entwicklung geben, zumal ich ja meine viele Freizeit ausnutzen musste, die ab dem Herbst des Jahres in dieser Form nicht mehr existierte.

Ebenfalls hatte der harte Kern der Technik, also drei weitere Mitglieder und ich, verschiedene Fotos für einen Presseartikel geschossen. Wir waren seit einiger Zeit auf der Suche nach Sponsoren für ein neues Mischpult und über die lokalen Zeitungen wollten wir auf unsere ehrenamtliche Arbeit aufmerksam machen.

„Die Gründer und Projektleiter in der Technik-Crew" posierten lachend vor unserem Banner und zwei aufgebauten Boxen, während die Überschrift darauf hinwies, dass wir unseren Erfolg fortsetzen wollen - Der Zeitungsartikel hängt bis heute an meiner Pinnwand.

Diesen Aufruf haben tatsächlich sehr viele Menschen wahrgenommen, die realen Spenden waren aber nicht nennenswert – und das, obwohl selbst die größte Zeitung in der Region diesen Artikel abgedruckt hatte.

Selbst Otto sprach mich von sich aus auf unseren Zeitungsartikel an und versprach, auch etwas dazuzugeben – *„Habt ihr euch ja mal verdient!"*

Wie wir jedoch die geplante Summe zusammenbekommen sollten, war mir rätselhaft. Ein Mitglied des Schulelternbeirats verstand die Schwierigkeit nicht und forderte mich immer, wenn wir uns sahen, auf, mal „richtig Dampf zu machen" – wenn das so einfach wäre.

Vor drei Jahren hatte die Schulbehörde immerhin ordentlich in neue Mikrofone investiert – die Hoffnung auf Unterstützung von deren Seite war von Anfang an gering.

Das Stiftungs-Jubiläum

Im Frühjahr des Jahres 2016 zog ein Technik-Crew-Kollege noch einen kleinen Auftrag an Land.
Es war das Jubiläum einer Behindertenwerkstatt, welches im Rahmen eines Sommerfestes, auch mit einem Gottesdienst gefeiert werden sollte. Das Veranstaltungsareal lag etwa 100 Meter Luftlinie von unserer Schule entfernt, sodass wir problemlos das vorhandene Equipment verwenden und transportieren konnten – was darin endete, dass ich unter irritierten Blicken von Passanten an einem warmen Sommertag etwa drei übereinandergestapelte Cases auf Rollen über den Bürgersteig der Straße, an der die Schule lag, schob. Es war allerdings auch der erste Gottesdienst, den wir technisch begleitet hatten. Es war etwas Neues.

Ich freute mich bereits wie ein Schnitzel darauf, vielleicht ja die Musik für den geplanten Abend mit „Musik und Tanz" abspielen zu dürfen, die Laune war jedoch schnell verdorben, als fünf Minuten vor Discobeginn ein griesgrämiger Mittvierziger seinen dicken Laptop zu uns an den Technikstand schleifte und stolz sein DJ-Programm, mit Kult-Hits und Schnulzen aus den 80ern und 90ern, bei denen ich allein vom Titellesen fluchtartig das Gelände verlassen wollte, öffnete.
Aber es gefiel eben den Besuchern dieses Festes.
Nur uns nicht, weil unser Lichttechniker bei „Jump", einem bekannten Klassiker, das Lichtstativ, welches

auf der Bühne stand, bereits umkippen sah, da etwa 25 Besucher bei jedem „JUMP" in die Luft sprangen und die Podeste samt darauf stehenden Bannern und Lichtstativen bedenklich wackelten...

Fazit: Stative lieber neben der Bühne positionieren, oder in sich stabilere Bühne bauen (lassen).

An diesem Jubiläumsfest spielten, wie mir die Fachschaft Musik im Meeting für das Sommerkonzert erzählte, auch einige Chor- und Bandgruppen der Schule. Ich stellte mir bereits – ein Lachen verkneifend – vor, wie die zwei kleineren Musiklehrerinnen, die unter den ohnehin schon kleinen Unterstufenschülern meist gar nicht auffielen, das Chaos von etwa 35 aufgeregten Musikanten mit ihren teils schweren Instrumenten auf der Bühne im Festzelt zu bändeln versuchten.

Im Nachhinein dauerte der Auftritt der Band etwa fünf Minuten – nach vorherigem zwölfminütigen Aufbau – wofür im Vorfeld tausende Stühle aufgebaut und tausende Instrumente aus der Schule hin transportiert werden mussten.

Ein Auftritt von Musikgruppen unserer Schule war immer amüsant, meist musste ich aufpassen, dass ich nicht allein vom Zuhören bei Proben vor der geschlossenen Tür einen Lachanfall bekam. Es lag einfach an zwei – wirklich vollkommen sympathischen – jedoch schnell durch den Wind wirkenden Damen, die sich dazu entschieden hatten, Musiklehrerinnen zu werden – und die dann auch noch mit Nils und mir im Vortreffen für das Sommerkonzert saßen:

Das Sommerkonzert

Wenn ich vor einer Veranstaltung extrem launisch war, dann sicher vor dem im Sommer 2016 bevorstehenden Sommerkonzert an meiner Schule. Es war tatsächlich die letzte Veranstaltung, die ich vor meinem nächsten großen Lebensabschnitt betreuen würde.

Nicht mehr lange konnte ich so flexibel „mal kurz in die Schule gehen", denn zwei Monate später würde ich umgezogen sein. Und zwar 350 Kilometer weit weg. Keine leichte Zeit. Wenn ohnehin ein Jahr schon aufregend genug für mich war, dann war es 2016.
Wie dem auch sei, ich freute mich auf der einen Seite, dass nach Projektwoche und Schulfest wieder eine klassische Veranstaltung bevorstand, wie wir sie schon oft durchgeführt hatten. Die Abiturfeier und der Abi-Scherz waren emotional genug.
Geistig komplett anwesend zu sein, war schwierig, da ich immer von dieser scheußlichen Stimme im Kopf erschreckt wurde: „Das hier ist jetzt ziemlich schnell alles vorbei, löst sich in Luft auf und es kommt nie wieder so!" Ja – die Schulzeit kam tatsächlich nie wieder, und ihr trauere ich wirklich häufig nach. Umso besser, dass meine Mutter mir nicht nur „Es kommen auch neue Herausforderungen" zusprach, sondern auch „Die Schule läuft nicht weg. Du kannst jederzeit da hin!". Diese Erkenntnis brachte mich immer wieder zum Lächeln. Auch wenn ich umziehen würde und für mindestens dreieinhalb Jahre erst einmal alles anders war, konnte ich, wenn ich wollte,

jedes Wochenende hinfahren – nur leider war dann keiner da.

Vor dem Sommerkonzert fuhren meine Gefühle also Achterbahn. Das führte sogar so weit, dass ich, nachdem ich schockiert den Programmentwurf von der Fachschaft Musik betrachtete, mit allen Mitteln versuchte, noch ein oder zwei Programmpunkte dazu zu organisieren. Ich wollte einfach, dass diese Veranstaltung noch einmal so richtig cool wird. So schrieb ich neben der Schülerband auch kurzerhand einen Stufenkollegen an, ob er nicht noch einmal seinen durchaus gelungenen Geigenauftritt von unserem Musikabend wiederholen könne – Reaktion von der Fachschaft Musik: Kopfschütteln und Unverständnis – *Lukas, jetzt komm mal wieder auf den Boden der Tatsachen zurück, unser Programm reicht vollkommen aus!*

Na gut, es reicht aus und es gefiel mir zugegebenermaßen nach viermaligem Betrachten und langen Diskussionen mit Nils schon besser. Wenn schon keine Schülerband, dann wenigstens eine top Rahmenorganisation. So beschlossen Nils und ich, mal wieder etwas Neues aufzubauen. Statt mithilfe einer langen Theke mit Neonbeleuchtung im engen Flur direkt vor der Aula sollte die Bewirtung der Besucher dieses Mal im Erdgeschoss stattfinden, im Foyer des Altbaus. Wir hatten kurzerhand nachmittags, als alle Lehrer und Schüler nach Hause zum Umziehen fuhren, aus ein paar Räumen der Schule einige Stehlampen, gemütliche Sessel und Pflanzen organisiert und diese zusammen mit vier LED-Strahlern dort unten zu einer gemütlichen Lounge aufgebaut. Das gefiel uns ziemlich gut und den betreuenden Lehrerinnen fiel die Kinnlade herunter, als sie die Schule betraten. Idee geglückt!

Am Tag des Sommerkonzerts erschien ich natürlich pünktlich um 07:30 Uhr in der Aula, um noch ein paar (viele) Dinge herzurichten.
Wie bei allen Abendveranstaltungen plante ich den ganzen Tag ein und betrat den ganzen Tag lang bis zum Zuschließen der Schule am Abend auch nicht meinen privaten Wohnsitz.
So kam es, dass meine Lieblings-Musiklehrerin schockiert um 07:35 Uhr die Aula betrat und mich perplex fragte, ob ich denn mittlerweile in der Schule eingezogen sei. Es hat zuvor eben noch kein Lehrer erlebt, dass ein ehemaliger Schüler vier Monate nach seinem Abitur um halb acht morgens in der Schule auf der Matte stand.
Dies war nicht das erste Mal, das ich nach meinem Einzug in der Schule gefragt wurde. Mindestens schon drei Mal zuvor. Grinsend antwortete ich, dass der Schulleiter den dritten Stock über dem Sekretariat für mich ausgebaut hatte – ganz früher war dort oben tatsächlich die Schulleiterwohnung.

Ich hatte schon im Vorfeld beschlossen, mich nach meinem Abitur auf die Organisation und Koordination zu beschränken und technische Aufgaben auf die anderen Teammitglieder zu übertragen. Das hat auch tatsächlich hervorragend geklappt. Normalerweise stehe ich während der Veranstaltung permanent unter Stress, aber beim Sommerkonzert hatte ich mich mit Wasserflasche, Handy und Ablaufplan bewaffnet in den zuvor noch nie genutzten Regieraum gesetzt und das Spektakel aus der Ferne betrachtet.

Insgesamt war auch diese Veranstaltung rundum gelungen und wir konnten wieder unser traditionelles Lob bei den Lehrern, Eltern und beim Schulleiter abholen. Mission erfolgreich abgeschlossen – nachdem ich für die Getränkebar mit Nils nachmittags noch den Kühlschrank aus der Schulküche quer durchs Schulhaus geschoben hatte und wir einige Wasserlachen hinterließen, weil ein Wasserbehälter nicht richtig eingerastet war.

Lukas: Und jetzt ... vor dem Studium?

Ich hatte beschlossen, auf keinen Fall irgendetwas zum „Abschied" zu veranstalten. Kein Treffen mit dem ganzen Team, keine emotionale Verabschiedung beim Schulleiter, gar nichts. Erstens hätte ich so etwas doch ziemlich Offizielles nie übers Herz gebracht und zweitens war ich ja jetzt auch keine Person in einem offiziellen, wichtigeren Amt. Von Aufhören oder Zurücktreten war nie die Rede, also, was soll das, vollkommener Quatsch.

Mich plagten seit drei Monaten die Gedanken, jetzt hier im Juli 2016, ob es das richtige war, umzuziehen.

Ob es das richtige war, ein Studium zu beginnen, was mit meiner Leidenschaft Nummer eins praktisch rein gar nichts zu tun hat, sondern wenn überhaupt nur theoretisch. Im Elektrotechnik-Studium lernt man praktisch null über die intelligente Gebäudetechnik, für die ich mich ja leidenschaftlich interessiere.
Hatte ich mich da wirklich richtig entschieden?
Oft hatte ich zwischenzeitlich tatsächlich depressive Phasen und war kurz davor, alles abzublasen und noch einmal vollkommen von vorne anzufangen, zu überlegen.
Und dieser Riecher stellte sich auch als vollkommen richtig heraus:

Nachdem mir bereits vier Tage Probearbeiten bei einem Planungsbüro fast den letzten Nerv raubten und sich auch die Situation im Praktikum, welches ich Mitte Juli 2016 anfing, nicht besserte, war es an der Zeit, die Notbremse zu ziehen. Über genaue Gründe möchte ich an dieser Stelle nicht berichten, aber meiner Erwartungshaltung an die innerbetriebliche Kommunikation und das soziale Miteinander ist man nicht gerecht geworden.

Schlussendlich sitze ich jetzt, an jenem Donnerstagabend hier am Schreibtisch, berichte über diese Erlebnisse, die mich so viel beschäftigten, wie ich sie in meinem ganzen Leben noch nicht erlebt hatte. Tausende Gedanken kreisten mir im Kopf, eine halbe Stunde lang saß ich wie versteinert auf dem Sofa. Heute Morgen habe ich, wütend auf eine Person und mit Tränen in den Augen zugleich, irgendwo im Schwarzwald einen DIN-A4-Umschlag mit meiner Kündigung des noch gar nicht angefangenen Arbeitsverhältnisses in einen Briefkasten eingeworfen.

Von der Hochschule wurde ich am nächsten Tag nach einem kurzen Telefonat wieder exmatrikuliert. Alles auf Anfang...

Mein Entschluss: Akademiker gibt's genug, ich werde mir jetzt eine Ausbildungsstelle suchen, ein Studium wurde mir dann doch (zumindest vorerst) zu viel des Guten, insbesondere nach Gesprächen mit meinem Chef während des Praktikums.

Und siehe da, zwei Jahre später liebe ich meinen Beruf, bzw. noch besser: Meine Berufung. Mit dem Abitur auf der Baustelle war der Anfang zwar noch ein wenig holprig, aber das hatte sich schnell gelegt. Denn es macht wirklich Spaß und ich liebe es, zu sehen, wie ein Bau- oder Bastelprojekt entsteht und sich langsam, aber sicher weiterentwickelt.

Mein Opa, den ich nie kennen lernen konnte, hatte schon Strom im Blut, ich seit einigen Jahren auch – hobbymäßig.

Ich setze jetzt das, was die im Büro, wo ich zuvor das Praktikum angefangen hatte, planen, in die Realität um. Denn da gab es ja noch ein Ziel von früher – mein eigener Chef sein zu wollen.

So arbeite ich, während die meisten aus meiner Berufsschulklasse hauptsächlich die Prüfung bestehen möchten, seit Beginn meiner Ausbildung zielstrebig auf eine Unternehmensgründung hin.

Fazit: Beim nächsten Abitur vor der Berufswahl mehrere Praktika absolvieren, Firmen besuchen und genauer informieren. Das Ziel erst einmal setzen (da gibt es ganz bestimmte Techniken) und dann immer vor Augen behalten!

Bei all den vielen Veranstaltungen muss ich dazu sagen, dass meine Stimmung oft schwankte.
Vier Wochen Organisationsstress, ein Abend, zwei Stunden, alles vorbei. Dieses fast schon depressive Gefühl brachte mich nach Feierabend oft zu tiefen Gedankengängen und schlechter Laune.
Das Gefühl, stolz zu sein, verschwand eigentlich immer ein paar Minuten nach Ende der Veranstaltung. Manchmal habe ich mir natürlich gewünscht, einfach ganz gelassen und ruhig im Publikum dabeizusitzen – wirklich geschafft habe ich das aber noch nie.
Zumindest nie ganz, beim Sommerkonzert 2016 habe ich mich zurückgezogen und das Ganze in Ruhe verfolgt. Aber je mehr man sich vornimmt, ganz ruhig und gelassen einfach alles „machen zu lassen", desto mehr rennt man herum und erledigt dann doch wieder tausend Dinge oder beobachtet das Geschehen, um individuell auf dies reagieren zu können – beispielsweise, um Pausengongs abzuspielen.

Kurzum – solche einmaligen Erlebnisse, wie ich sie in meiner Schulzeit hatte, werde ich in dieser Form nie wieder erleben können – aber natürlich werde ich, so gut es geht, in die Feierlichkeiten weiterhin eingebunden sein und mich ehrenamtlich engagieren.

Daher glaube ich, dass der Beruf Veranstaltungskaufmann für mich fehl am Platz wäre, weil die Dimensionen noch einmal komplett anders sind. Fachkraft für Veranstaltungstechnik hatte ich von vorn herein aufgrund der Arbeitszeiten ausgeschlossen.

Zu dieser Zeit, also rund um die Erfahrungen mit dem Berufsleben klinkte ich mich folglich etwas aus dem Geschehen in der Schule aus und überlasse nun meinem Kumpel Nils das Wort:

Und jetzt... plötzlich allein? *Gastbeitrag.*

Und damit war also der Zeitpunkt, der kommen musste, den man aber immer schön verdrängen konnte, gekommen. Von nun lag es vor Ort vor allem an mir, Nils, weitere Projekte in die Hand zu nehmen.

Somit ist jetzt auch der richtige Zeitpunkt erreicht, sich in die Geschichte einzuschalten. Schließlich lag der Fokus, was die Vorbereitung auf den nächsten Schultag anbelangt, auch bei mir spätestens seit dem Schuljubiläum beim „Rahmenprogramm".
Sollte danach noch Zeit für Hausaufgaben oder Lernen sein, wurde das notwendige Übel auch miterledigt. Dass die Zeit hierfür schon mal fehlte, zeigte

sich spätestens bei einer Kursarbeit in Religion, welche direkt auf die Vorbereitungstage zum Schuljubiläum folgte. Das geplante Lernen im Laufe des Tages entfiel aufgrund des Terminstresses, das entsprechende Ergebnis habe ich aber gern in Kauf genommen.

Nun also fehlte mein „Mitstreiter" hier vor Ort.

Natürlich war mir und uns bewusst, dass das kein Ende bedeutete, dennoch war vor allem die letzte Zeit vor den Sommerferien 2016 und ihr Beginn zunächst schwer. Doch bald fand ich zu neuer Energie, denn die wiederum anstehenden Veranstaltungen rund um das Abitur, die in diesem Jahr meine Stufe betreffen würden, wollten ja auch geplant werden und versprachen eine Menge (positiver) Arbeit. Und als in der ersten Ferienwoche das Treffen bezüglich unseres Abi-Mottos und Designs anstand, war die Motivation wieder auf dem alten Höchststand.

Doch der Reihe nach…

DIE ERSTE STUFENVERSAMMLUNG

Bereits an einem warmen Sommertag 2015, Beginn der Jahrgangsstufe zwölf, wurden mehr und mehr Personen unserer Stufe aufmerksam und bemerkten, dass da in kommender Zeit eine Menge zu organisieren ist und wir dringend eine Einteilung benötigen.

Und so fand sich fast die komplette Stufe an jenem Montagmittag im MSS-Aufenthaltsraum wieder, welches für diesen Zweck platz- und ausstattungsmäßig absolut ungeeignet war.

In mehr oder weniger konstruktiver Diskussion wurden Organisationsteams für die verschiedenen Bereiche gebildet, ohne sich im Vorfeld Gedanken über eine sinnvolle Gruppenstärke oder den konkreten Bedarf zu machen. So kam es, dass die Einteilungen nur teilweise zielführend waren und die Veranstaltungen Motto-Woche und Abi-Scherz gar nicht erst eingeplant wurden.

Ich hielt mich bewusst zurück, da ich ahnte, dass die Planung des heutigen Tages ohnehin noch oft über den Haufen geworfen wird. Letztendlich wird sich eine kleine Gruppe Schüler/Innen finden, die motiviert sind, etwas zu bewegen und gleichzeitig Ausdauer mitbringen. Das war schon in jeder vorherigen Stufe so und wird auch in der Zukunft so bleiben – und das ist auch gut so. Selbstverständlich benötigt man eine große Gruppe, die anpacken kann, wenn sie gebraucht wird (glücklicherweise hatte ich diese in meiner Stufe). Wenn es um Organisation und Entscheidungen ging, kann ich aus Erfahrung jedoch sagen, dass zu viele Ansprechpartner und Entscheidungsträger nie zu einer Lösung führen werden, so gut die Arbeitsteilung mit den Teams gedacht ist.

Und so kam es dann auch nach und nach. Mit der Zeit verkleinerte sich ein Organisationsteam nach dem anderen oder löste sich gleich komplett auf. Dafür schaltete ich mich in jedes verbliebene ein.

Letztendlich blieben zwei Personen, die die Gesamtübersicht über alle laufenden Projekte behielten,

Pläne erstellten und, nach vielen gescheiterten Abstimmungen und Diskussionen, Entscheidungen auf kurzem Wege trafen. Tabea und ich.

Und das war auch gut so, wie sich noch häufig zeigen sollte, nicht zuletzt beim Weihnachtsball. Starten wir aber zunächst mit dem Schulfest.

Schulfest 2016 *Gastbeitrag.*

Nach dem Jubiläums-Schulfest im vergangenen Jahr mit einer rekordverdächtigen Besucherzahl und umfangreichem Rahmenprogramm stand dieses Jahr wieder ein „normales" Schulfest an. Theoretisch zumindest.

Im vergangenen Jahr hatte die Vorgängerstufe Stufe 0 das komplette Catering übernommen.

Besonders war dabei auch das erstmals eingeschlagene, professionelle Niveau, mit dem nicht nur das Schulfest, sondern auch alle darauffolgenden Veranstaltungen seitens Stufe 0 betreut wurden. Somit lag die Messlatte für uns hoch. Entschlossen waren wir jedoch von Anfang an, das Niveau zu halten und es im besten Fall natürlich zu verbessern.

Und so sollte auch wieder ein großer Ausschankwagen und der nette Imbisswagen her, die im Vorjahr auf dem Hof platziert waren.

Letzterer stellte mich schnell vor ein Problem. Nach Anruf bei der Metzgerei, von der seit Jahren das Fleisch für den Imbiss bezogen wurde, erfuhr ich, dass der besagte Imbisswagen nicht in deren Besitz sei, sondern extern angemietet wurde. Nach deren Kenntnisstand steht er nicht mehr zur Verfügung. Der Wagen war in Privatbesitz einer Familie im Nachbarort. Nach etwas Recherche im Internet stieß ich überrascht auf ein Kleinanzeigenportal, in dem der Wagen zum Kauf angeboten wurde.

Die Grills und Fritteusen unter freiem Himmel oder unter den alten 3x3-Meter-Zelten der Schule aufbauen?

Das wollte ich unbedingt vermeiden und machte mich auf die Suche nach Alternativen. Diese sprengten jedoch allesamt unsere finanziellen Möglichkeiten oder stellten nicht machbare logistische Herausforderungen dar. Mit sicherer Aussicht auf das viel zu kleine Zelt sprach mich dann einige Zeit später eine Mitschülerin im Unterricht an: *„Du sollst meinen Vater mal anrufen, wegen Schulfest, Catering und sowas."* Ihr Vater war Mitglied des Schulelternbeirats und hatte sich schon häufiger engagiert eingebracht. Also nutzte ich die Gelegenheit in der nächsten Freistunde und schilderte ihm die Situation um den Imbisswagen. Wenige Minuten später, auf dem Weg zum Unterricht im zweiten Stock, klingelte mein Handy bereits wieder: *„Abgemeldet? Und wenn wir den anmelden?"* Ich musste meinen Lachanfall unterdrücken, war aber dennoch schnell begeistert von der Idee. Selbst der Kauf des Wagens stand schnell im Raum. Aufgrund fehlender Kooperationsbereitschaft der Besitzer zerschlug sich die Idee jedoch wieder. Der Imbissstand wurde semiprofessionell mit Klassenraumtischen und kleinen

Zelten hergerichtet, was aber der einzige „Schwachpunkt" blieb – wir klagen auf hohem Niveau. Insgesamt lief der Verkauf reibungslos, der Andrang war auch dieses Jahr groß. Besucher zufrieden, Ziel erreicht.

Dem abschließenden Ausflug mit unserer Kassenwartin zur Bank war ich dank der Reinigung der Klassenraumtische, auf die über sechs Stunden das Fett aus der Fritteuse gelaufen war, immerhin aus dem Weg gegangen.

Musikabend 2016 *Gastbeitrag.*

„Da ich kein besonders großer Freund der Technik-Crew bin, würde ich das ganze gerne ohne dieses durchführen."

Ich lachte ein wenig nach der Aussage des Leiters des Organisations-Teams „Musikabend".

Eine Diskussion wollte ich während der Stufenversammlung aber nicht eröffnen. Es wird sich noch alles beruhigen und regeln, die Erfahrung hatte ich mittlerweile.

Und so bleibt der Musikabend 2016 auch in positiver Erinnerung, mit großartigen Beiträgen der Schülerinnen und Schüler und rundum zufriedenen Besuchern. Allmählich hat sich das professionelle Niveau bei Veranstaltungen bewährt und herumgesprochen.

Das Aufbauteam trug freiwillig die Stehtische aus den Lagern herbei, die LED-Strahler im wiederum zur Lounge umgebauten Foyer wurden aufgebaut und verkabelt – zum Leidwesen des Tontechnikers, der immer darauf hinwies, dass die Kabel quasi aus U-Boot-Stahl bestünden und somit auch wieder auftauchen sollten.

Ganz ohne Panne verlief der Abend dann doch nicht. Pünktlich zur spannungsvoll erwarteten Darbietung einer Hobby-Fußballmannschaft des Songs „Theo, mach mir ein Bananenbrot" (inklusive essbarer Requisiten!) gelang es der Technik erst beim circa zehnten Versuch, das korrekte Playback einzuspielen, die Alleinschuld traf das Team jedoch nicht. Da es sich ohnehin um einen Auftritt mit hohem Spaßfaktor handelte, konnte das Problem ganz gut überspielt werden und sorgte für Gelächter.

Wenig später standen dann auch die Sänger der folgenden Gruppe im Dunkeln auf der Bühne, ließen sich jedoch von der Störung nicht beeindrucken.
Trotz der von Beginn an geäußerten Skepsis konnte auch der Organisator des Abends und gleichzeitig Lead-Sänger der letzten Darbietung zufrieden gestellt werden und präsentierte dem feiernden Publikum den Klassiker „Never gonna give you up" mit großartiger Performance und (funktionierender) Licht- und Ton-technik.

Nach unzähligen Einzel- und Generalproben waren mir die Beiträge auch Wochen nach der Veranstaltung noch im Ohr. Der Pachelbel-Kanon, der eigens für das Event komponierte Abiturjahrgangs-Song und nicht zuletzt das Medley aus „Stand by me" und

„Beautiful Girls" mit der abwechslungsreichen zweiten Stimme:

„Dmts dmts, de de dmts dmts, de de dmts dmts....
.... de de dmts dmts, de de dmts dmts."

Weihnachtsball 2016 – Die Vorbereitungen
Gastbeitrag.

Die dunkle Jahreszeit ist gekommen, der Dezember steht vor der Tür. Inmitten unserer Abiturvorbereitungszeit fiel der Weihnachtsball. Und es sollte der größte und aufwändigste Weihnachtsball werden, den es bisher gab. Über Monate zog sich die Vorbereitung gemeinsam mit Lukas hinweg, beinahe täglich. Bereits 14 Tage vorher wurden Dekoration und Material gesammelt; drei Tage lang dauerte der komplizierte Aufbau in der neuen Location im Neubau.

Rechnet man die Stunden vor dem tatsächlichen Aufbau mit, komme ich auf etwa sechs Tage Unterrichtsausfall, nur für Termine in Verbindung mit dem Weihnachtsball.

In Unterrichtsstunden überzogene Treffen, die Vorabbesprechung mit der „Putz-Crew" und nicht zuletzt die Erstellung des Schichtplans kosteten einige Stunden im November und Dezember 2016. Aufgrund eines kurzfristigen Ausfalls machten sich drei Mitschülerinnen in einer Freistunde daran, den Schichtplan für den Abend zu schreiben. Um mögliche „Katastrophen" zu verhindern, fiel somit auch mein parallel stattfindender Biologieunterricht aus.

„ÄHH HALLOOOO?"
Schockiert sprang meine Deutschlehrerin auf, als mich Tabea während der Kursarbeit wie selbstverständlich fragte, wo wir uns danach mit dem Organisationsteam treffen. Es war die erste Kursarbeit über fünf Schulstunden, wie im Abitur.
Ich war noch nie der Typ, der von der ersten bis zur letzten Minute eine unendliche Zahl an Seiten füllen konnte. Somit beschloss ich nach vier langen Stunden und acht Seiten Inhalt, dass ich jetzt endlich guten Gewissens abgeben konnte. Meine Gedanken waren seit der dritten Stunde ohnehin beim nächsten Freitag, 18:30 Uhr.

Dass der Weihnachtsball überhaupt mal in einem anderen Teil der Schule stattfinden konnte und sowohl der Herzenswunsch unseres Schulleiters, Hausmeisters und nicht zuletzt meiner in Erfüllung ging, hatte ich einem kleinen Trick zu verdanken. Seit vielen Jahren hatten sich die ausrichtenden Stufen aus bekannten Gründen gegen den Wechsel des Veranstaltungsortes gewehrt.
Etwa ein halbes Jahr vor der diesjährigen Veranstaltung beschloss man im erneuten Treffen mit dem Schulleiter, erstmals den Ort zu wechseln. Die Abstimmung auf der Stufenversammlung wollte ich mit allen Mitteln umgehen, da mir das Ergebnis im Vorfeld klar gewesen wäre. Ohne etwas Kreativität

und Hinterfragen erschien die triste Lokalität im Neubau vielleicht tatsächlich nicht als geeignete Location.

Zufrieden mit der endlich durchgebrachten Grundsatzentscheidung verließ ich das Sprechzimmer und verkündete das neue Veranstaltungskonzept gemeinsam mit Tabea auf der folgenden Stufenversammlung. Offiziell war hier von einer Auflage der Schulleitung die Rede, um keinen unnötigen Gegenwind zu erzeugen.

Spätestens am Abend der Veranstaltung war sowieso auch der letzte Skeptiker von der Entscheidung überzeugt.

MEETING UNTER DER TREPPE

Anfang Dezember, Mittwochmittag, Mittagspause. Während die meisten Schüler/Innen und Lehrer/Innen Richtung Mittagessen oder Heimat entfliehen, verschwanden drei Personen unseres Abiturjahrgangs in den kleinen Raum unter der Treppe im Neubau. Hier hinten versteckte sich das kleine Reich von Monika und ihren Kolleginnen, der Pausenraum unserer Putz-Crew, offiziell Ottos kleine Teeküche.

Im anschließenden Nachmittagsunterricht hätten die Lehrer davon ausgehen können, wir hätten die Pause in einer Raucherkneipe verbracht. Der Zustand war jedoch diesem Treffen geschuldet. Erleichtert von der räumlichen Entscheidung wollte das Putz-Team dennoch eine kurze Lagebesprechung mit uns durchführen und auf die schlimmsten Szenarien hinweisen.

An der Stelle seien nur kurz die festgehaltenen Punkte erwähnt:

- Es sind zu wenig Leute beim Aufräumen da → Wir fahren nach Hause.
- Es gibt wieder diese Bierlache im ganzen Haus → Wir fahren ebenso wieder nach Hause.
- Zurückgelassene private Gegenstände → Kommen sofort in den Müllcontainer.

Übrigens stand dieser auch im Jahr 2015 auf dem Hof, während der Vorbereitungszeit zum Schuljubiläum und – trotz meiner regelmäßigen Hinweise an Otto – leider auch am Tag des Film-Drehs. Am Vorabend bekam er dann offenbar doch noch ein schlechtes Gewissen und berichtete stolz, den Container am Abend mit dem Traktor seines Bruders in eine Ecke geschoben zu haben. Dem großen Jubiläums-Foto auf dem Hof stand also nichts mehr im Wege.

Nach diesem etwa zehnminütigen Monolog und zustimmendem Nicken von Otto auf der anderen Seite des Tisches war das Gespräch im Prinzip beendet. Es folgte noch der Hinweis, dass die Toiletten im Neubau von einer Fremdfirma gereinigt werden, was bedeutete, dass wir die Reinigungskräfte an der Stelle extra zahlen mussten.

Geschockt von den zusätzlichen Kosten schlug

unsere Kassenwartin sofort vor, dass wir die Toiletten dann ja auch selbst putzen könnten, das wäre kein Problem. Monika lachte laut, ich auch – und wir zahlten das Fremdpersonal.

Lukas: Weihnachtsball 2016

Wenn mir von dieser Veranstaltung etwas in Erinnerung bleibt, dann ist es insbesondere der Schock, der mich an jenem Montagmittag erstarren ließ:
Nils hatte ein Bild von einer Zeltrechnung über eine stolze Summe geschickt. Da hatte doch tatsächlich ein Mitglied des Schulelternbeirates kurzerhand für 600 € ein Zelt gekauft, und zwar für die Schule. Einfach so, mal eben kurz gespendet.
Er hielt mich immer auf dem Laufenden. Zum Glück ist die Technik schon so weit, dass man Sendungen live online verfolgen kann:

Hallo es kommen 6 Pakete mit
.aber ob die das heute noch
schaffen weiß ich nicht.   09:02

Okay.... 09:47

15. Dez. 2016

Zelt ist schon in   08:18

Als ich unserem Schulleiter freitagsmittags lachend zu seinem neuen, etwa fünfzehn Quadratmetern großen

Alu-Partyzelt gratulierte, konnte er sein Glück gar nicht fassen, bzw. wollte, vollkommen perplex, *„da nochmal selbst nachhaken, ob das jetzt ernst gemeint war".*
Ich versicherte ihm, dass ich das tatsächlich vollkommen ernst gemeint hatte und er keine versteckte Kamera suchen brauche. Schön – dann sind wir ja gerüstet fürs nächste Schulfest!

Aber fangen wir, so gut es mir gelingt, von vorne an. Nachdem im vorherigen Jahr mein Versuch, die Stufe von dem bereits von Nils angesprochenen neuen Veranstaltungsort zu überzeugen, missglückt war, versuchten Nils und ich unser Glück bei seiner Stufe, wie bereits im vorigen Kapitel erwähnt.

Für das Einbestellen von Otto und unserem Schulleiter zu einem gemeinsamen Treffen (vor dem „Meeting unter der Treppe") gingen wieder einige große Pausen drauf, aber schlussendlich saßen Nils, drei Mitschülerinnen von ihm, sowie Hausmeister, Schulleiter und ich am runden Tisch im Streitschlichterraum. Es war kurz vor den Sommerferien und ich hatte mit Nachdruck versucht, ein solches Treffen rechtzeitig anzusetzen, obwohl der Weihnachtsball erst ein halbes Jahr später stattfinden würde.
Zum mittlerweile fünften Mal leierte unser Schulleiter seinen Standpunkt zur Situation herunter, den er Nils und mir schon oft verdeutlicht hatte: Sowohl er als auch das Reinigungspersonal und Otto sprachen sich, nach der Erfahrung von letztem Jahr, nach wie vor

eindeutig für eine andere Lokalität im Gebäude aus. Eigentlich wollten Nils und ich nur exakt diese Tatsache, vom Schulleiter bestätigt, der Stufe nahelegen, damit diese in einer Abstimmung endgültig entscheidet.

Gott sei Dank war die Abstimmung mit knapper Mehrheit für den neuen Veranstaltungsort ausgegangen.

Aber warum der ganze Hokuspokus und warum zitterte ich wieder tagelang?

Traditionell hatte der Weihnachtsball schon immer im Altbau stattgefunden. Unser Schulgebäude war mehrere hundert Jahre alt und der historische Charme begeisterte einfach die meisten Schülerinnen, die sich um ihr Flair und ihre Deko sorgten. Demgegenüber stand die Tatsache, dass es viel zu eng war. Ein etwa drei Meter breiter und zwanzig Meter langer schlauchförmiger Gang, von dem man in vier Klassenräume gehen konnte, bildete die Strecke, die man zu bewältigen hatte, wenn man sich ein kühles Bier gönnen wollte. Wenn nun noch einige viele Besucher in diesem Gang an Stehtischen ihr Getränk genießen, gleicht der Gang zum Buffet und zum Ausschank einer Odyssee.

Die Aufteilung war einfach suboptimal.

Aber überzeugen Sie mal, liebe Leserinnen und Leser, etwa dreißig junge Frauen, die sich um die Dekoration sorgten, davon, dass man in einem neu sanierten, relativ steril gehaltenen Teil des Geländes einen gemütlichen Weihnachtsball ebenso ausrichten kann, wie im urigen und historischen Ambiente der Aula und des Altbaus.

Das geht, aber es kostet eben ein wenig mehr. Fünfunddreißig LED-Spots und andere Lichteffekte kosten eben ihr Geld. Und genau mit diesen Tatsachen plagte man sich über drei Monate hinweg in ein paar tausend Nachrichten in der Weihnachtsball-Technik-Chatgruppe. Nicht, dass das Geld knapp wäre, aber die Stufe hatte lange Zeit einfach keine Notwendigkeit gesehen, über 700 € für etwa 25 fach-chinesisch klingende technische Gerätschaften auszugeben. In ewigen Diskussionen verdeutlichte ich mehrmals, dass die Besucher schon erkennen müssen, wo sie hergehen, da die Deckenlampen im kompletten Areal ausgeschaltet sein mussten. Wären sie eingeschaltet gewesen, glich der Ball einer Flutlichtveranstaltung, denn dann knallte das grelle Licht von etwa 100 mit kaltweißen Leuchtröhren bestückten Lampen in die Halle. Kurz hatte ich überlegt, für coole Effekte einige UV-Leuchtröhren einzubauen, verwarf die Idee beim Blick auf die Kosten jedoch gleich wieder.

Mit farbiger Folie verkleiden? Ottos mahnende Worte: Um Himmels Willen nein, da kommt die ganze Verkleidung runter.

Also, lange Rede, kurzer Sinn: Wir hatten ein Angebot organisiert, das der Abiturjahrgang prüfen und möglichst bald unterschreiben sollte, schließlich wollten wir als Techniker nicht fünf Monate lang die Ungewissheit haben, mit was für einem Equipment wir den Ball betreuten.

Viele im Organisationsteam interessierte das Angebot nicht die Bohne – im Gegenteil – Funkstille. Bis die Diskussionen aufkamen, ob man jetzt doch eine Band organisieren sollte. Alles schön und gut, diese braucht dann wieder etwas andere Technik, also hatten wir ein neues Angebot angefordert.

Ich dachte, ich sehe nicht richtig, als ich las, dass eine vollkommen unpassende Band, die die Besucher eher verscheuchte, mit großer Wahrscheinlichkeit auftrat. Gott sei Dank behielt das Organisations-Team ihren Menschenverstand und sagte der Band nach einer Woche wieder ab. Ach ja, stimmt, man brauchte wieder ein neues Angebot.

Wissen Sie, wie mir das auf die Nerven ging? Und wie das erst unserem Partner auf die Nerven ging, der das mittlerweile dritte oder fünfte Angebot schickte und uns erneut freundlich darauf hinwies, dass sie am Tag des Weihnachtsballs auch eine andere, größere Veranstaltung hatten, die auch einiges an Material verschluckte?

Das erste Angebot, im August angefordert, wurde im Dezember unterschrieben – mit einigen Kompromissen. Die Aktion war wieder unfassbar, schlussendlich hatte ich noch meine fünfzig Euro, für die ich bei einer Veranstaltung unseres Partners mitgeholfen hatte, zum Angebot dazugegeben. Für das ganze Hin und Her. Eigentlich hätte das nur anders herum erfolgen müssen. Wir armen Techniker. Wissen Sie, wie viele verschiedene Versionen vom Geländeplan mit eingezeichneter Technik ich abgespeichert hatte? Etwa zehn. Aber nicht nur, weil sich etwas an der Technik änderte, sondern weil ich ständig etwas in der Aufteilung der Beleuchtung optimiert hatte. Das bin ich ja dann selbst schuld.

Bevor dieser ganze Hokuspokus entstand, musste ich im Sommer zur Abwechslung mal wieder Otto aufsuchen, weil die Brandmeldeanlage für den geplanten Dunsterzeuger abgeschaltet werden sollte.
„Man sieht sonst die Lichtkegel der Movingheads nicht!"
Otto sah mich entgeistert an, als hätte man gerade einen Teil seines Hauses versehentlich mit einer Abrissbirne erwischt.
Er möchte ja auch nicht in der Verantwortung stehen, wenn bei zwei deaktivierten Brandmeldern etwas passierte. Und überhaupt, das muss über das Schulamt laufen; dem Chef wird das gar nicht gefallen. Und bitte, lasst das am besten einfach sein.

Au weia, da hatte ich wieder etwas im Kopf. Prinzipiell können die zwei Melder problemlos deaktiviert werden, wenn zwei Brandwachen die Veranstaltung beaufsichtigen. Die Brandwachen würden zwar der Stufe zu teuer sein, aber viel mehr ging es mir darum, Otto und dem Schulleiter den simplen Dienstweg nahezubringen.
Der Meister des Hauses hatte jedoch besorgt beim Schulamt angerufen und zusammen mit dem Schulleiter ein striktes Verbot zum Abschalten organisiert. Otto warnte uns, während er erzählte, mit welch hoher Persönlichkeit er über dieses heikle Thema gesprochen hatte und da ab sofort keine

142

Chance mehr bestünde.

Okay, neuer Anlauf: Nils stand in den Herbstferien mit Otto und dem Angestellten der Brandschutz- firma, die die Anlage installiert hatte, vor Ort und schilderte erneut die Lage. Es wäre eventuell auch etwas draus geworden, aber unser Hausmeister blieb vehement bei seinem Standpunkt, er wolle damit nichts zu tun haben – und überhaupt: *Das ist doch nur ein Weihnachtsball, kein Papstempfang!* Den Spruch kannten wir ja bereits vom Jubiläums-Schulfest.

Also gut, dann eben keine Dunst- oder Nebelma- schine. Wir gaben uns wohl oder übel geschlagen. Ne- gativ: Vieles. Ich kann an dieser Stelle nicht zu konkret werden. Positiv: Wieder ein schönes Gesprächsthema mit dem Schulleiter und Otto gehabt, und: Wir haben ja alles versucht!

Er war seit unserer Nachricht, dass der neue Veranstaltungsort im Erdgeschoss durchgewinkt sei, voll auf unserer Seite und immer bestens gelaunt, wenn Nils oder ich ein Anliegen hatten. Wir banden ihn von Anfang an in die Planungen intensiv mit ein. Nils hielt ihm in einer großen Pause einen Zettel vor die Nase, dessen To-Do-Liste er gut gelaunt annahm und ankündigte, abzuarbeiten. Immerhin musste ja frühzeitig geklärt sein, welche Türen versperrt werden, welche Sicherungen wir abends aus- schalteten, dass wir sein Büro für unser Veranstal- tungsbüro buchen wollten und dass sein verglaster

Raum freitagsmorgens komplett mit Geschenkpapier verkleidet wird, da dort Gegenstände eingelagert werden, die geschützt werden müssen. *„Wenn ich dat früh genug weiß, is dat ja alles kein Problem!"*

Ich hatte mir für Mittwochnachmittags freigenommen (freitags war der Weihnachtsball) und fuhr um 13 Uhr die 350 Kilometer zur Schule, wo ich nachmittags gegen 16:20 Uhr bestens gelaunt mein Lieblingsgelände betrat.

Es war grenzwertig. Nils und ich planten zwei Monate lang jeden Abend jedes Detail in ein paar Word-Dokumenten und Aufbauplänen. Wer wann wie aufbaut, wo wer wann etwas abholt, wer wann etwas annimmt, aufstellt, dekoriert oder installiert.

Wo kommen die Tische her, die für das Buffet oder die Garderobe aufgestellt werden? Weiß der Vertretungsplaner Bescheid, dass in den leeren Klassenräumen morgens kein Unterricht stattfinden kann? Wie viele leeren Kisten stehen unter den Theken bereit für leere Gläser? Welche Springer übernehmen welche Arbeiten? Wissen die Nachbarn, dass es etwas lauter werden kann? (Ja, wir haben ein Rundschreiben in die Briefkästen geworfen.) Wie viele Leute bauen das große Zelt auf? Wer sichert die Einnahmen und kann derjenige an dem Abend überhaupt etwas Anderes machen? Wer übernimmt die Schichtaufgaben, wenn der Chor auf der Bühne steht und singt?

Und wer rennt alle paar Minuten lang in den Keller zum Schlüsselschalter, um die elektrische Toilettenspülung auf den Jungentoiletten auszulösen?

(Weil die top moderne Zeitschaltung nicht so leicht auf abendliches Spülen umprogrammiert werden konnte, bzw. hätte sich der Aufwand nicht gelohnt)
Mit all solchen Kleinigkeiten beschäftigten wir uns etwa zwei Monate lang, fast jeden Abend.

Es war eine Zeit, in der ich wieder Sinn im Leben fand. Okay, das ist vielleicht maßlos übertrieben, aber ich liebte solche Phasen.

Ich hatte bereits eine Woche vor der Fahrt den Haufen Sachen zusammengelegt, die ins Auto mussten. Mein fahrbarer Untersatz war wirklich ... voll. Damals hatte ich noch nicht den großen geräumigen Kombi mit den vier Ringen, sondern einen feuerroten Kleinwagen.

Unter anderem lagen ein Laminiergerät, ein Haufen Vorhängeschlösser, Kabel und meine zwei großen Werkzeugkoffer bereit zur Abfuhr. Ebenso hatte ich ein paar Tage zuvor die Grundversorgung für die drei Tage Schlafmangel gesichert und eine Getränke- und Snackration für die Technik-Truppe und mich gesponsert, die ich am Mittwochabend unter fragenden Blicken an einem Versorgungsstand aufbaute.

„Ähm... ja, wir haben ja beim Aufbau auch Durst" erklärte ich einer irritierten Schülerin des veranstaltenden Abi-Jahrganges, die die Bühne aufbaute.

Zufrieden standen Nils und ich Mittwochsabends auch im abgesperrten Teil des Fahrradkellers, der sich in den letzten drei Wochen zu einem großen Lager aus Lichterketten, Tischdekoration, Zelten, Geschenkpapier und sonstigem Ramsch verwandelt hatte.

Nils hatte einige Zeit vorher etwa zehn Tische als Ablage aneinandergereiht, auf der sich drei Wochen lang immer mehr Zeug auftürmte, welches die Stufe aus ihren Privathaushalten mitbrachte. Der Anblick des Lagerraumes glich einem Flohmarkt.

Donnerstagsmorgens war es wieder soweit, die Schulgemeinschaft wusste wieder, was los war: Nils und ich parkten auf dem Schulhof in der Ecke. Mussten die sich schon wieder so wichtig fühlen? Nein, nur ein paar Sachen ausladen.

Es folgte ein für mich etwa 15-stündiger Arbeitstag, an dem wir als Technik-Crew den ganzen Tag lang den Aufbautrupp mit Schlager- und Partymusik beschallten. In den großen Pausen, in denen die vom teilweise gesperrten Gelände genervten Schülerinnen und Schüler herunterkamen, drehten wir die Musik immer ordentlich auf – schließlich mussten wir ja die Anlage testen. Die Unterstufenschüler klebten mit großen Augen an den Glastüren, die wir zugesperrt hatten. Noch größer waren die Augen der Lehrkräfte, wenn Nils oder ich unter dem Beiseitedrängen von zehn Schülern die Türen immer auf- und zuschlossen, wenn jemand von uns herein- oder herausging.

Wir erinnern uns an die Story mit den Rauchmeldern wegen der geplanten Nebelmaschine: An jenem Morgen kam mir auch Otto mit seinem Vertretungskollegen Manni im Schlepptau entgegen.

„Ich stell die Rauchmelder dann nachher ab, ja?" rief ich ihm grinsend hinterher, *„ich hab' das nochmal gegoogelt, sind nur drei Tasten. Ist schnell gemacht."*

Entsetzt schaute er seinen Kollegen Manni an, der nichts verstand. *„Ich sag dir, wat ich da wieder für einen Ärger hatte..."*

Otto wies mich erneut freundlich darauf hin, dass er keinerlei Verantwortung übernehmen würde *(„Wenn da wat is, mir stehe mit einem Bein im Gefängnis!")* und wir es doch bitte einfach sein lassen sollten. Augenzwinkernd stimmte ich zu und verdeutlichte, dass ich das ironisch gemeint hatte. Ich wollte ja keine ernsthaften Schwierigkeiten bekommen.

Während dieses Aufbautages hatten sich, wie zu erwarten war, noch einige Lehrkräfte beschwert, dass die Musik zu laut sei. Noch einen obendrauf setzte der stellvertretende Schulleiter, der eine Warnung in Form einer Durchsage über die Lautsprecheranlage abgab. Spätestens danach begriff auch ich den Ernst der Lage und bat um eine Drosselung der Lautstärke. So schlimm war es aber nun auch wieder nicht.

Bereits am Vormittag dieses Tages lief der halbe Abiturjahrgang, der den Weihnachtsball veranstaltete, auf und fing an, sämtliche Sachen herzurichten. Während des Technikaufbaues wurden dreißig Bierzeltgarnituren aufgestellt, mit Tischdecken und Dekoration bestückt und in eine Ecke des Raumes geschoben.

So gut im Zeitplan war der Aufbau noch nie! Bereits

am Freitagvormittag um elf Uhr hätte der Weihnachtsball theoretisch starten können.

In dem Aufbauchaos regten Nils und ich uns zwar ein paar Mal auf, dass sich niemand an den Plan hielt, sondern einfach alle wild drauf losarbeiteten, aber es ging ja gut.

Am Donnerstagabend saßen wir übermüdet in Ottos Büro und fingen an, sämtliche Schilder, Listen und Plakate zu drucken. Nach etwa drei Mal Papier nachfüllen, Drucker wechseln und das Textverarbeitungsprogramm neu starten stapelten sich die etwa 200 Seiten Aufbaupläne, Preisschilder und Aushänge auf dem Schreibtisch neben uns und warteten darauf, am Freitag versorgt zu werden.

Wir verließen die Schule... spät, nachdem wir noch Kleinteile aus den Aufenthaltsräumen der Oberstufe entfernt hatten, die nicht zum Weihnachtsball gehörten oder sonst drohten, verloren zu gehen oder zerstört zu werden, wie z. B. die Mikrowellen und HiFi-Lautsprecher. Auch entfernten wir hässliche Aufkleber auf Deckenlampen, Mülleimern oder Glasscheiben, die die Optik des festlich dekorierten Areals zerstörten – anderen würde so etwas nicht auffallen.

Am Freitagmorgen hatte ich schließlich mein Ziel erreicht: Entspannt den Tag beginnen.

Wir waren wie bereits erwähnt sehr gut im Zeitplan, das Aufbauteam ebenso – perfekt. Ab 13:30 Uhr konnten wir auch mit den Dingen beginnen, die im normalen Schulalltag nicht möglich waren, wie die Technik im Rest des Areals aufzubauen, weil alles abzusperren nicht möglich und auch gar nicht nötig war. Ein paar Techniker schleppten Lichtstative durch die Gegend, ich richtete ein paar Scheinwerfer aus, entfernte mit Leiter und Besen hässliche Spinnenweben, Otto schloss mit seinem Kollegen Manni mehr oder weniger motiviert die Biertheke an den Wasseranschluss an, das Aufbauteam dekorierte den Rest, baute Zelte auf und der Schulleiter fuhr pünktlich nach Hause – tiefenentspannt und erwartungsvoll auf den Abend, was die etwa 180 Hände da geschaffen hatten.

Am Nachmittag folgten allerdings noch die klassischen, bösen Überraschungen:

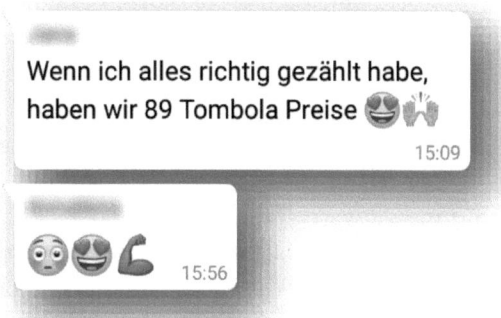

Es gab viel zu viele Tombola-Preise!

Das hatte Nils und mir bereits mittwochs zu schaffen gemacht, wie sollte man knapp 90 Preise in einer sehr kurzen Zeit verlosen? Es fand sich schließlich jemand, der sich bereit erklärte, die 90 gezogenen Losnummern in eine von mir vorbereitete Bildschirmpräsentation einzutippen – und zwar in einer halben

Stunde, denn mehr Zeit war zwischen Losverkaufs-
ende und Verlosung nicht geplant. Sportlich! Es war
ab Verkaufsende tatsächlich unfassbar chaotisch in
der Hausmeisterloge geworden, die komplett mit Geschenkpapier verkleidet wurde, damit man nicht in
das vorrübergehende Lager und die „Tombola-Zent-
rale" hereinblicken konnte.

Jemand zog die Nummern und las vor, der andere saß
mit Schweißperlen auf der Stirn am Laptop, während
sich draußen die Leute vor der eigentlichen Solarer-
trags-Anzeige sammelten und auf die digitale Verlosung warteten. Letztendlich ist aber auch das gut gegangen und es war fast jeder Preis verlost worden.

Der zweite Schock, der mich an diesem Freitagnachmittag ereilte, war eine nasse Angelegenheit.

Der Wasseranschluss an der Biertheke war undicht.
Nils schrie ins Telefon: *„LUKAS, HIER STEHT
ALLES UNTER WASSER!"* Das Problem kennen
wir ja bereits aus 2015...

Die Verbindungen waren allerdings auch lachhaft.
Der Abwasserschlauch rutschte andauernd aus dem
Abfluss heraus, der Wasserhahn war undicht. Auch
nachdem ich, mit Wasserpumpenzange und
Schraubenzieher bewaffnet, Reparaturmaßnahmen
einleitete, war keine Besserung in Sicht. Nach einer
Viertelstunde stand wieder alles unter Wasser. Also
gut, alles aufwischen, zudrehen, ablassen, Schluss,
aus, Ende. Es gibt kein fließendes Wasser! Wäre auch
ein Wunder gewesen...

Jedes Jahr das gleiche mit irgendwelchen
Wasseranschlüssen...

Als es auf den Einlass zuging, setzten Nils und ich uns in Ottos Büro und verfolgten das Geschehen am Monitor. Ich hatte im Vorfeld mit einem Technik-Kollegen zwei IP-Kameras installiert (ausschließlich zur Live-Überwachung, es erfolgte selbstverständlich keine Aufzeichnung), nachdem er die LAN-Kabel durch etwa 50 Deckenplatten verlegt hatte, die er alle einzeln anheben musste – aber es war ja genug Zeit und genügend Man-Power vorhanden.

Das Bühnenprogramm war wirklich Weltklasse, beim einbestellten Beatboxer schrie sogar unser Schulleiter (über 60 Jahre alt!) bei „I LIKE TO... MOVE IT!" mit. Ein schöneres Kompliment kann es doch gar nicht geben. Der DJ, der zu meinem Ärgernis zwar erst während der laufenden Veranstaltung, zwei Stunden vor Spielbeginn, bei uns am Technikstand eintrudelte (vorher noch nie, er sah alles zum ersten Mal) hat seinen Job auch gut gemacht, die Stimmung war perfekt.
Abends gelang es mir sogar, mich eine gute Stunde lang aus der Organisationsrolle herauszuhalten, um mich mal wieder mit meinen ehemaligen Stufenkollegen zu unterhalten.
Der Abend verlief weitestgehend ruhig, Nils und ich gingen gelegentlich in den Keller herunter, um die Toilettenspülung auf den Jungentoiletten zu aktivieren, damit der Geruchspegel im angenehmen Bereich blieb.
Ebenso machten wir einen umfassenden Kontrollgang, als uns auffiel, dass der Gehweg vor der Schule

schon ziemlich mit leeren Bierflaschen zugepflastert war. Dabei erwischten wir tatsächlich zwei Referendare, die meinten, im abgesperrten Teil der Schule auf Toilette gehen zu müssen. Warum hatten wir nicht konsequent die Schlösser in den Eingängen ausgetauscht! Hauptsache Licht an, Aufmerksamkeit erregt... Ich wies sie freundlich, aber bestimmt darauf hin, dass die Schule bewusst komplett verriegelt sei und sie bitte jetzt herausgehen mögen.

Ebenso tummelten sich im eigentlich abgetrennten Garderobengang diverse Schüler mit Bierflasche herum, auch in den Fluren an den Treppenaufgängen versammelten sich vereinzelt Besucher, die meinten, sich mal zurückziehen zu müssen. Genau so etwas sollte eigentlich die eingesetzte Security der Stufe verhindern...

Alles Ende, alles gut? Nein! Weltuntergang! – Am Morgen danach machte sich meine und auch Nils' depressive Stimmung breit. Um acht Uhr fuhr ich mit zerzausten Haaren und nicht geduscht vor, um abzubauen und aufzuräumen.

Ich bin übrigens ein Morgenmuffel. Fünf gestellte Wecker sind Minimum. Wenn eine Veranstaltung bevorsteht, ist es etwas besser, als wenn Arbeitsalltag herrscht, aber das frühe Aufstehen ist für mich grauenhaft.

Im Gegensatz zu letztem Jahr war noch keiner da, also startete ich meinen Aufschließ-Rundgang und riss schleunigst alle Fenster, die zu öffnen waren, auf, damit der stickige Biergeruch verschwand, bevor das Putzpersonal ins Koma zu fallen drohte.

Bewusst hatten Nils und ich dieses erst ab halb zehn einbestellt, wenn wir bzw. die Stufe das gröbste Flaschen- und Müllchaos beseitigt hatten.

Es folgten etwa fünf Stunden mehr oder weniger geordnetes Aufräumen, glücklicherweise fand morgens fast die komplette Stufe den Weg von der angesagten örtlichen Kneipe zur Schule und war in der Lage, aufzuräumen – und zwar fünf Mal besser als bei meiner Stufe letztes Jahr. Aber es gab ja auch keine riesige Bierlache.

Gegen Mittag lud ich einige Körbe Altglas und Leergut in mein Auto, welches inoffiziell bei der Veranstaltung hereingeschmuggelt wurde – aber auch leider nicht von einem deutschen Leergutautomaten angenommen wurde. Frustriert warf ich einiges Leergut ins Altglas, freute mich aber dennoch über die 25 € Wochenendzuschuss.

Nachdem alles sortiert war und zur Abholung bereitstand – vom Heizstrahler über Waffeleisen bis hin zum Kabelberg, den wir gemietet hatten – machte ich mich mit einigen Technikkollegen auf zum nächsten Dönerladen. Zwar standen wir morgens noch mit Otto und dem Reinigungspersonal ums Waffeleisen herum und hatten uns von der Stufe mit dem übrigen Waffelteig verköstigen lassen, aber mein Magen verspürte Hunger. Neben den restlichen Bedürfnissen nach Dusche, Bett und Sofa.

Ich fuhr nach dem Besuch des Dönerladens direkt zu

meinen Großeltern, um meine Depressionen loszu-
werden und nach vier Tagen heftigem Alltagskontrast
wieder zurück ins normale Leben zu finden – geklappt hat das nur bedingt. Mit was für einem Ge-
sichtsausdruck ich sonntags die 350 Kilometer
zurückfuhr und Montagmorgens um 7 Uhr auf der
Arbeit eintrudelte, will ich gar nicht wissen. Ich war
komplett neben der Spur.
Das haben auch meine Arbeitskollegen deutlich
gemerkt. Fazit: Gut gelaufen, aber jetzt depressiv.
Und: Wann werden die Heizstrahler abgeholt? (Es ist
gerade Februar und sie stehen immer noch da, wo sie
im Dezember beim Abbau standen – Update Ende
2018: Sie wurden abgeholt!)

... Es waren auch insgesamt zu viele Preise 🙈 Der Auf- und Abbau hat viel viel besser geklappt als ich je gedacht hätte 👏👍 Und nochmal besonders hervorheben will ich ▓▓▓▓▓, es gab glaube ich noch nie jemanden, der beim Aufbau fast genau so lang in der Schule geblieben ist wie Lukas oder ich 😄 und dann tagelang nur 3 Stunden geschlafen und nachts die ganze Deko vorbereitet hat. Danke dir nochmal dafür 😊 das heißt natürlich nicht, dass die Hilfe der anderen nicht genauso wichtig war 👍

20:08 ✓✓

Ein Lob für das Weihnachtsball-Team.
Ende gut, alles gut!

Die Kripo auf dem Schulhof

Zwischen Weihnachten und Silvester 2016 verbrachte ich meinen Urlaub in unserer „alten" Wohnung, die wirklich unweit weg von der Schule liegt und freute mich über die Begegnung mit Otto in der Bank.
Nach einem kurzen Austausch über das traditionelle Vollfressen über die Festtage kam dann wieder eine

der spannenden oder interessanten Geschichten über Gott und die Welt, die Otto grundsätzlich immer auf Lager hatte. Da stand doch tatsächlich die Kripo auf dem Schulhof, als er die Mülltonnen herausstellen wollte, die nach dem gut besuchten Weihnachtsball mehr als voll waren.

Offenbar hatte man bei einer Hausdurchsuchung eines Verdächtigen eine gewisse Geige gefunden, die (früher) der Schule gehörte und die nun Otto annehmen sollte (warum auch immer), nachdem er ein Formular unterschrieben hatte. Immer wieder verblüffend, was man alles so miterleben darf!

2017 – das letzte Jahr Schule
Gastbeitrag.

Ein neues Jahr beginnt, die Abiturarbeiten stehen vor der Tür und in weniger als drei Monaten werde auch ich von der Schule gehen. Es waren die letzten Schulferien und gleichzeitig die schlimmsten. Mit jedem Tag wurde mein Gefühl schlechter dabei, noch absolut nichts für die Abiturarbeiten getan zu haben.

Für die noch anstehenden Veranstaltungen hätte ich ja gerne was getan, bekam aber in diesem Zeitraum von allen Seiten nur die Antwort „lass uns nach dem Abi mal gucken". Ich konnte es einfach nicht mehr hören. Zum Ferienende hatte ich dann beschlossen, dass ich in zwei der drei Prüfungsfächer nicht wirklich etwas lernen kann, im dritten Prüfungsfach ohnehin jede Hoffnung verloren sei. Nach Abschluss der schriftlichen Arbeiten – der Monat zog sich ewig hin

– stand dann endlich das erste Treffen in der Stadthalle mit dem Hallenmeister an, um erste Absprachen zur bevorstehenden Abiturfeier an. Der obligatorische Rahmen wurde geklärt (die Deko muss „B1", also schwer entflammbar sein, das Catering wird wie immer ablaufen und es wird die maximale Bestuhlung aufgebaut). Ich merkte in diesem Zeitraum, dass ich zunehmend nervöser wurde, je näher die Abiturfeier rückte. Das lag nicht an der Feier an sich.

Ich hatte nie wirklich Zweifel daran, dass die Feier erfolgreich wird, dafür hatte ich mit meiner Stufe mittlerweile genug Dinge auf die Beine gestellt.

Es war viel mehr der Gedanke an die Zeit danach. Die Zeit lief davon, die verbleibenden Schultage konnte man längst abzählen und somit auch die verbleibenden Treffen und organisatorischen Angelegenheiten. Mit dem absehbaren Ende konnte ich mich noch überhaupt nicht anfreunden.

Tag der offenen Tür 2017

Seitdem sich das Technik-Crew im Schulleben etabliert hatte, fühlte es sich für mich manchmal so an, als bestünde die Schülervertretung kaum mehr. Bestimmte Aufgaben am Schulfest, wie den Bühnenaufbau, übernahmen seit ein paar Jahren jetzt die „Techniker" und um die Musikanlage musste sich die SV ebenso wenig kümmern.

Selbstverständlich hatte sie sich zu jeder Zeit um diverse Aktionen, wie z. B. einen „Grünen Samstag" gekümmert, der Schwerpunkt der Arbeit hat sich jedoch ein wenig verlagert. Immer wieder spannend zu beobachten war es daher, wie groß das Engagement der SV beim nächsten Tag der offenen Tür oder am Schulfest tatsächlich war. Regulär war sie zu den genannten Anlässen für den Verkauf von Kaffee und Kuchen, Schul-T-Shirts oder auch kleineren Speisen zuständig.

Am Tag der offenen Tür im Jahre 2017 gelangte die Planung seitens der SV wieder zu ihrem Höhepunkt, denn sie selbst war gar nicht anwesend, sodass der Schulelternbeirat sich spontan bereiterklärte.

Für Nils standen in der Zeit Abiturarbeiten an, aber er ließ es sich nicht nehmen, zum Aufbau für den Tag zu erscheinen und zunächst einfach nur das Geschehen zu beobachten – wenn auch unter grinsenden, verständnislosen Blicken seitens der Lehrkräfte, die sich wieder nicht erklären konnten, warum er sich nicht lieber zu Hause auf seine Abiturarbeiten vorbereitete.

Wenn ich an dieser Stelle eine Weisheit für Techniker oder Veranstaltungs-Organisatoren abliefern kann, dann ist es „Stell dich einfach nur mittenrein und nimm dir nichts vor, es passiert immer etwas Unvorhergesehenes – oder es kommt schon jemand panisch angerannt, der etwas von dir will."

Das kennen bestimmt die meisten ihrer Sorte.

So war es, denn eine halbe Stunde vor Beginn kam eine besorgte Mutter des Schulelternbeirates auf Nils zu und suchte verzweifelt die beiden Kaffeemaschinen, die doch letztes Jahr noch in der Schulküche standen – er und ich wussten: Otto hatte sie längst in seinem Privatbüro deponiert, *„nicht, dass ihm da wieder jemand Glühwein reinfüllt"*.

Da Nils mit seinen Zugriffsrechten auf eine solche Eventualität nicht vorbereitet war, stand der Schulleiter kurzerhand schlüssellos am Rednerpult, während er in der Aula die Eltern begrüßte und Nils die Kaffeemaschinen bereitstellte.

Die Organisation der SV hatte also ihren Höhepunkt erreicht, denn sie selbst war – (größtenteils) daheim!

Übrigens: Das Geld für die gebuchte Technik zur Abiturfeier kam viel zu früh, also lange vor der Miete, bei der Technikfirma an. Wenn sie es doch immer so leicht verdienen könnte!

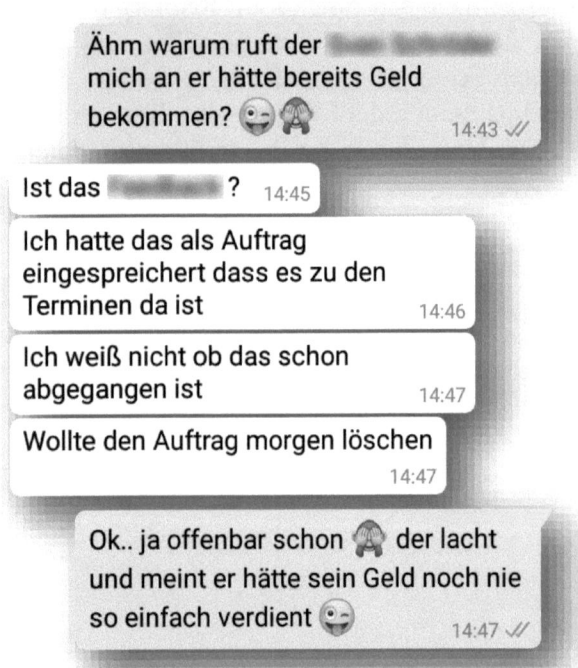

Ähm warum ruft der ⬛⬛⬛ mich an er hätte bereits Geld bekommen? 😜🙈 14:43 ✓✓

Ist das ⬛⬛⬛ ? 14:45

Ich hatte das als Auftrag eingespreichert dass es zu den Terminen da ist 14:46

Ich weiß nicht ob das schon abgegangen ist 14:47

Wollte den Auftrag morgen löschen 14:47

Ok.. ja offenbar schon 🙈 der lacht und meint er hätte sein Geld noch nie so einfach verdient 😜 14:47 ✓✓

Kammermusikabend 2017

Schon wieder stand eine der schon oft erwähnten Musiklehrerinnen bei uns und wollte für Ihren Kammermusik-Abend *„Ein bissje Technik und en schönes Licht, aber bitte nit zu viel"*...

Diese Veranstaltung habe ich selbst nicht betreut, sondern nur aus der Ferne ein paar Dinge mitbekommen. Die meisten Dinge regelte ein Technik-Kollege.

Unter anderem hörte man wieder die traditionelle Beschwerde, das Licht blende und sei zu hell.

Weil unsere Truppe die Klagen bereits gewohnt war, wurden sie direkt schlagfertig belehrt, dass das einer professionellen Bühnengruppe nichts ausmachen darf – denn will ja gesehen werden; und die Scheinwerfer in der Aula hängen nun mal da, wo sie eben hängen.

Ich hatte der Lehrerin zwei Tage vorher noch eine E-Mail geschrieben, mit der Bitte, dass sie im Programmflyer auf die Unterstützung durch die Technik-Crew mittels Abdruckens unseres Logos hinweist. Hat erfreulicherweise auch funktioniert. An so etwas würde der Rest der Techniker eher weniger denken, solche Aufgaben muss ich übernehmen und auch notfalls jemandem drei Wochen lang hinterherlaufen. Wofür haben wir denn eine Homepage, wenn sie nirgendwo sonst in der Schule aktiv beworben wird?

Das Programm des Kammermusik-Abends war um Welten besser, als es von den betreuenden Lehrkräften angepriesen wurde, denn sie sorgten sich im Vorfeld grundsätzlich immer um das Gelingen und stellten den Erfolg kritisch in Frage, was wir meist in Form von (vielleicht auch ironisch gemeinten) Beschwichtigungen (*„Dat…wird nur en bissje furchtbar"* oder *„Erwartet da nit zu viel, die müssten erst mal singen können")* mitbekamen.

Nebenbei erreichte mich noch folgende Nachricht einer Mitschülerin:

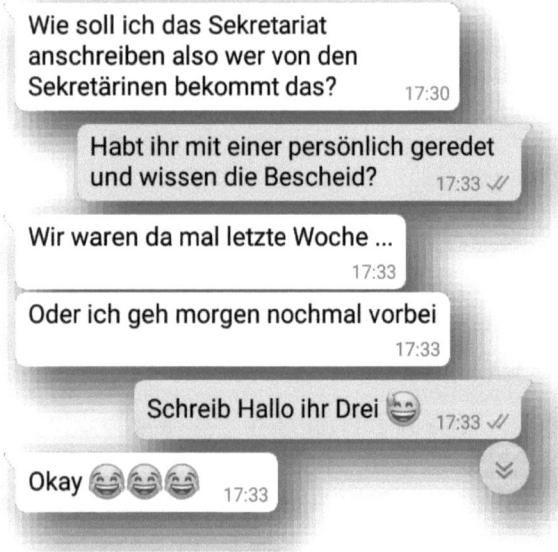

Bei drei Damen im Sekretariat ist „Hallo Ihr drei" sicherlich eine gute Wahl!

Vorbereitungen zur Abiturfeier
Gastbeitrag.

Es war mittlerweile Mitte Februar, inmitten der letzten zwei regulären Schulwochen.

Selbstverständlich war mit jedem Tag weniger an regulären Unterricht zu denken. In den Leistungskursen endete der Unterricht im Prinzip mit den schriftlichen Arbeiten im Januar. Mit dem anschließenden Bespaßungs-Programm wollten sowohl die jeweiligen Lehrkräfte als auch die Schülerinnen und Schüler nur noch die Zeit totschlagen.

Zum Glück gab es ja noch genug anderes zu tun, so konnte ich zum Beispiel während der Unterrichtsstunden in einem der Leistungskurse gemeinsam mit Tabea notwendige Einkäufe planen oder letzte Details am – wie mittlerweile bekannt – komplizierten Sitzplan für die Abiturfeier abstimmen.

Nach dem Schultag ging der Kontakt dann meist bis in den späten Abend per Handy weiter. Schließlich musste ja noch die Grundversorgung der Besucher, also Mineralwasser für den offiziellen Teil bestellt und nicht zuletzt eine Veranstalter-Haftpflichtversicherung abgeschlossen werden.

Es war die Art von Hausaufgaben, die ich am liebsten nachmittags erledigte. Ein anderer meiner Kurse fand in den letzten zwei Monaten gar nicht mehr statt; unsere Lehrerin erwartete in Kürze (es wurde letztlich der Tag unserer Abiturfeier) Nachwuchs.

Die gewonnene Freizeit ließ sich auch hervorragend für diverse Treffen und Termine nutzen, auch auf Kosten hoher Tankrechnungen in diesem Zeitraum.

Ach ja, hatten die da letztes Jahr nicht so einen coolen Film am Anfang?
Bei der vergangenen Abiturfeier der Stufe 0 wurde zu Beginn ein kurzer Einspieler, eine Art Trailer, gezeigt. Die Idee, ebenfalls einen Film zu produzieren, schwirrte in unserer Stufe seit einiger Zeit umher und wurde letztlich auch umgesetzt.
Ich war von Anfang an nur halbherzig bei der Sache, da ich eine Kopie der Idee des Vorjahres befürchtete. Nachdem sich aber eine Mehrheit dafür ausgesprochen hatte, organisierte ich einen Termin für den Dreh im Foyer der Stadthalle und auf dem Schulgelände (welch Überraschung, die gleichen Drehorte wie letztes Jahr).
Und so liefen auch „meine" Abiturientinnen und Abiturienten, thematisch zum Abiturmotto passend, mit Reisetaschen und Koffern vom Schulgelände aus zur Stadthalle. Ich sah das Gelächter und satirische Comic-Zeichnungen der Stufe 0 zur geklauten Idee schon vor meinem geistigen Auge.

Der Hallenmeister hatte uns freundlicherweise das Foyer für einige Stunden kostenfrei zur Verfügung gestellt, überließ mir die Kontrolle und verabschiedete sich in Richtung Stadtverwaltung, die Brandwachen für die Feier in der kommenden Woche anmelden. Den Einsatz von Nebelmaschinen für das Männerballett hatten wir zum Glück kurz vorher durchgesetzt. Zuvor folgte noch der wichtige Hinweis, dass auf keinen Fall die Halle selbst betreten werden darf. *„Ist noch nicht fertig... braucht mindestens noch zwei Wochen. Ihr seid nur im Foyer, ok?"*

Richtig, alljährlich nach einer großen Karnevalsparty in der Region, die ein guter Bekannter von uns veranstaltete, wurde der Boden der etwa 400 Quadratmeter großen Halle wieder frisch behandelt. Spätestens dann lohnte es sich ohnehin.

Während Tabea versuchte, den Film-Dreh ohne existierenden Ablauf- oder Regieplan zu koordinieren, betrat ich mit einer anderen Mitschülerin trotz Warnung sehr vorsichtig die Halle, um zur Planung der Tischdekoration einen der Banketttische auszumessen und den Vorrat an Sektgläsern zu prüfen. Das hätte ich lieber gelassen.

Beim Öffnen der Schränke kamen mir die ersten zehn Gläser sofort entgegen und verteilten sich in Form von hunderten Scherben im hinteren Hallenbereich. Hervorragend...

Nach hektischem Durchsuchen der Putzkammern im Keller der Halle hatte ich mein notwendiges Werkzeug beisammen und schaffte es gerade rechtzeitig, sämtliche Schäden zu beseitigen und die Halle wieder ordnungsgemäß zu übergeben.

Der kleine Zwischenfall dürfte bis heute nicht aufge-

fallen sein. Sektgläser waren am Tag der Feier übrigens genug vor Ort und die Tischdekoration passte hervorragend zum festlich hergerichteten Saal.
Und auch der Boden kam ohne Schaden davon.

Der Abi-Scherz *Gastbeitrag.*

Sie erinnern sich vielleicht, da war noch etwas. Ein Team für den Abi-Scherz gab es in der ursprünglichen Planung nicht, so dass ich auf die regelmäßigen Fragen von Otto (*„Gibt et da wat, wat ich wisse müsst? Irgendwelche Denkmäler oder so?"*) keine Antwort geben konnte. Das Denkmal der Stufe 0 wird ihm natürlich immer in Gedanken bleiben.
Eine Woche vorher fand sich schließlich ein kleines Team zusammen, welches bereit war, etwas zu organisieren. Die ersten Pläne waren alles andere als spektakulär.
B-Ware-Luftballons bestellen, Wasserbecher verteilen, Musik auf dem Hof, dämliche Spiele in der Sporthalle. „08/15"-Ideen, die alle Schüler schon längst langweilten. Lediglich die Idee, sämtliche Parkplätze morgens zu blockieren, gefiel mir einigermaßen.
Nebenbei erinnerte ich nach den Vorfällen aus dem Vorjahr an das strikte Verbot, im Schulgebäude etwas aufzubauen. Das wollte ich auch auf alle Fälle persönlich kontrollieren, um unsere Abiturfeier nicht auf das Spiel zu setzen. Ich verfolgte das Geschehen also weiter, sah den Abi-Scherz aber eher als notwendiges Übel an.

Eine Kehrtwende nahm die Planung erst spontan, keine 48 Stunden vor der Veranstaltung, als ich direkt nach der mündlichen Abiturprüfung zwei Mitschüler abholte, um zum Großhändler des Vertrauens zu fahren. Ziel war hier eigentlich, Sekt und Orangensaft für die Abiturfeier am Freitag zu besorgen. An die Aktion, die dieser Einkauf auslöste, wird sich unser Schulleiter jedoch noch lange erinnern. Beim Schlendern durch die Gänge bemerkte ein Mitschüler einen kleinen Pool für den Garten und stand gleich begeistert davor. Neben einigen Kartons Sekt fanden sich wenig später also auch ein Pool, eine Taucherbrille, eine Badehose und ein Handtuch mit der Aufschrift „Abitur 2017" im Einkaufswagen. Was daraus wird, sollte die Schulgemeinschaft zwei Tage später erfahren.

Am darauffolgenden Vormittag stand ich also mit besagtem Mitschüler bei Christa und Christa im Sekretariat, auf der Suche nach unserem Schulleiter. Sein Aufbauverbot im Gebäude wurde in den vergangenen Tagen häufig thematisiert und er schien bei unserem Grinsen sofort zu ahnen, was da kommt. Mehr oder weniger begeistert sah er sich gezwungen, bei einer kleinen Aktion mitzumachen.
Aus dem Hintergrund bemerkte Christa eher zufällig, dass er ja vielleicht in einem Pool baden gehen müsste. Unser Grinsen wurde breiter, spätestens mit der Aussage „geht in die richtige Richtung" stand unserem Schulleiter der Schock ins Gesicht geschrieben.

Bis heute rechne ich es ihm hoch an, dass er bei dieser Aktion mitgespielt hat. Es war ein Spektakel für alle Beteiligten und der öde Abi-Scherz war definitiv gerettet.

Abi-Scherz 2017

Dieser Gaudi wird mir, Lukas, noch lange in Erinnerung bleiben. Alleine aufgrund der Tatsache, dass um 07:30 Uhr der Schulleiter im Taucheranzug (!) unter tobendem Applaus den voll besetzten Schulhof betrat und jetzt in einen kleinen Swimmingpool steigen sollte. In diesem war ein Schlüssel versteckt, mit dem man die Vorhänge-schlösser und Ketten an den Durchgangstüren im Schulgebäude hätte entfernen können.
Jeder Bolzenschneider oder stärkere Seitenschneider hätte es aber wahrscheinlich auch getan.

Um 06:50 Uhr hatte ich also den Abstellraum auf dem Schulhof aufgeschlossen, damit die Stufe an den Was-seranschluss kam, mit dem sie den Pool gefüllt hat. Skeptisch betrachtete ich den Aufbau, weil das Schwimmbecken immer wieder Wasser verloren hatte, ich aber auf der anderen Seite auch nicht dafür verantwortlich sein wollte, wenn zwei Stunden lang ununterbrochen der Wasserhahn offen war. Otto stand womöglich schon heimlich vor der Wasseruhr und betrachtete diese kritisch.
Bis ich meine – an diesen Veranstaltungstagen spora-

dische – Eigenversorgung mit einem Tee zum Frühstück gesichert hatte, musste ich jedoch über die aufgebauten Bauzäune klettern, um in die Lehrerküche zum Wasserkocher zu gelangen.

Unser Schulleiter hatte es abschließend tatsächlich geschafft, im vorher befüllten Pool die Schlüssel zu „ertauchen" und hielt ihn unter großem Jubel hoch.

Man hatte das Spektakel sogar gefilmt und so kam es, dass zu später Stunde an der Abiturfeier am nächsten Tag ein Zusammenschnitt aus den besten Szenen, sogar auch Unter-Wasser-Aufnahmen, gezeigt wurden.

Alle Eltern im Saal lachten, ich glaube aber, der Schulleiter selbst nicht.

Er warnte mich bereits vor, als wieder Ruhe einkehrte: *„Lukas, das war eine einmalige Sache, ich halt mich da in Zukunft raus."* – Schade!

Abiturfeier 2017

Eins war sicher: Für Nils galt das Abitur erst wirklich als bestanden, wenn auch der Einlauf des Abschlussjahrgangs zur Abiturfeier in der Stadthalle perfekt war. Daher musste alles passen.

Licht und Sounds sollten das Abiturmotto unterstreichen und daher kam die folgende Idee von einer Dame aus dem Sekretariat:

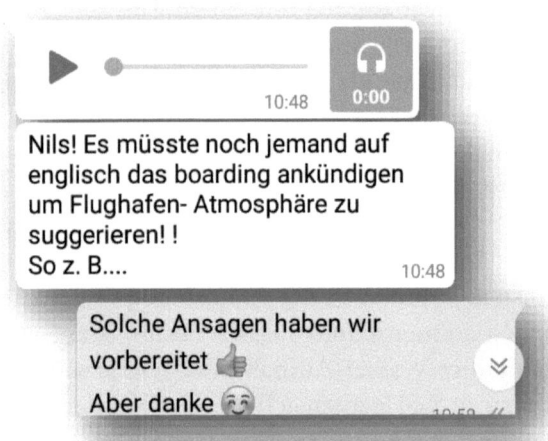

Nils! Es müsste noch jemand auf englisch das boarding ankündigen um Flughafen- Atmosphäre zu suggerieren! !
So z. B....

10:48

Solche Ansagen haben wir vorbereitet 👍
Aber danke 😊

Jedoch sagte man in letzter Sekunde den wohl besten Auftritt des Abends ab:

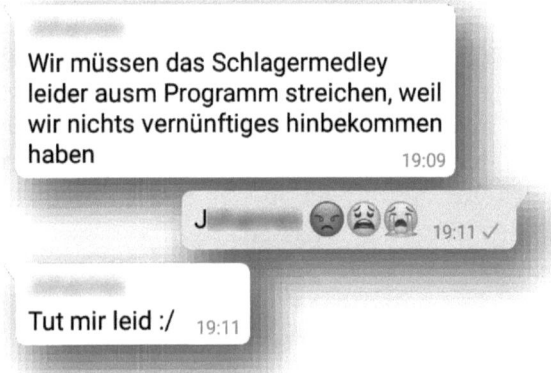

Wir müssen das Schlagermedley leider ausm Programm streichen, weil wir nichts vernünftiges hinbekommen haben

19:09

J 😡😩😭 19:11 ✓

Tut mir leid :/ 19:11

Und mit einem perfekten Einlauf meine ich, dass Licht- und Tontechnik und vor allem die Leute einem vorher gut ausgefeilten Plan folgen.

Wir entwickelten die Idee, eine Art Countdown einzuspielen, der das Starten eines Flugzeugs – gleichzu-
setzen mit dem folgenden Einlauf der Abiturienten –
einläutete. Zusätzlich war dieser Countdown von dra-
matischer Musik unterlegt, die am Nullpunkt einen
Sound enthielt, der alle Eltern und Besucher im Saal
in Gänsehaut versetzte, bevor der Refrain mit ap-
plausfreundlichem Beat startete und der Lichttechniker alles raushaute, was er zu zeigen hat. Sprich „party
hard".

Genau, wenn dieser Sound ertönte, sollte die Tür auf-
gehen und von hinten kamen die Schülerinnen und
Schüler herein.
Ich hatte zudem kurzerhand beschlossen, dass der
Schulleiter das Flugzeug (= die Abiturienten), so wie
es sich gehört, mit knallgelber Warnweste auch in ihre
Startposition brachte.
Gut, was heißt beschlossen... Er wurde mit dieser
Idee am Spätnachmittag zuvor von mir konfrontiert
und stimmte mehr oder weniger begeistert nach einer
kurzen Diskussion zu.
Kurz drauf gab ich unserem Tontechniker ein Zei-
chen, bitte die Einlaufmusik auf voller Lautstärke zu
starten und demonstrierte energiegeladen genau das,
was der Schulleiter machen sollte; sprich bei jenem
ertönenden Sound in Warnweste und mit Einwei-
sungs-Gesten vorneweg durch den Mittelgang nach
vorne laufen.

Am Abend selbst hat das auch perfekt funktioniert, nachdem ich die sich bereits anbahnende Panne verhindert hatte.

Der Hallenmanager der Stadthalle, der zufällig an der Tür stand, hinter der die Abiturienten warteten, hatte diese nämlich schon weit geöffnet, als bereits der Countdown anfing.

Infolgedessen wäre der wilde Ameisenhaufen von jungen Erwachsenen nämlich viel zu früh hereingelaufen und der gesamte Showeffekt wäre verloren gegangen.

Ich riss also panisch die Tür wieder zu und verdeutlichte ihm, dass ich sie zum richtigen Zeitpunkt öffnen würde.

DAS HANDY

Als sich der Saal nach der Abiturfeier in der Stadthalle weitestgehend geleert hatte, begannen Nils und ich, das Nötigste zu aufzuräumen und alle Gerätschaften auszuschalten. Beim Überblicken der Unordnung auf den Tischen fiel uns ein liegen gebliebenes Smartphone auf, welches auf einem der Lehrertische vergessen wurde.

Vorsichtig versuchten wir, das Gerät zu entsperren, um so den Besitzer herauszufinden. Kaum verschwand der Sperrbildschirm, erschien die Kontaktansicht des Kontaktes „Schul-Boss", was Nils und ich innerhalb von einer hundertstel Sekunde lachend zu deuten wussten.

Grinsend begaben wir uns ins Foyer, wo unser Schulleiter sich mit einigen Eltern noch unterhielt und fragten vorsichtig, ob er sein Smartphone vermisse. Und wir hatten tatsächlich recht, der „Schul-Boss" hatte sein Handy liegen lassen...

Gastbeitrag zur Abiturfeier

Der offizielle Teil der Feier nahm seinen geregelten Lauf und bald stand das anschließende Bühnenprogramm an.

Zwar war mein persönliches Highlight, das geplante Schlagermedley einiger Mitschüler, im Vorfeld abgesagt worden; das Programm konnte sich dennoch sehen lassen. Zunächst lief ein Grundkurs der Stufe gemeinsam mit ihrem Lehrer in bunter Sportkleidung zum „Bobfahrerlied" in die Halle ein und sorgte für ordentlich Stimmung.

Und zwar für die Stimmung, die für das anschließende Männerballett benötigt werden würde, das so aufwendig geprobt und vorbereitet wurde, wie nie zuvor.

Über lange Zeit hatte ich versucht, Lukas zu beruhigen und ihm zu versichern, dass ich vollstes Vertrauen in die drei Trainerinnen setze und durchaus einen guten Auftritt erwarte. Die technische Planung stellte noch einmal eine kleine Herausforderung dar und brachte eine der Trainerinnen das ein oder andere Mal zum Schwitzen, zumal am Abend eher unerfahrene Mitglieder der Technik-Crew an der Steuerung saßen.

Spätestens mit dem Einmarsch der ca. 30 kostümierten Piloten zu „Ich will fliegen, einfach fliegen, das ist unbeschreiblich schön" waren die Sorgen bei allen Parteien vergessen.

Das Playback funktionierte, ebenfalls das dringend gewünschte pinke Licht und sogar die Nebelsteuerung „nach Gefühl".

Lukas und ich hatten sogar ausnahmsweise die Gelegenheit, das Geschehen auf der Bühne in Ruhe aus dem Publikum am Familientisch zu verfolgen. „So etwas habe ich noch nicht gesehen!" fasste der Hallenmeister den gelungenen Auftritt mit lobenden Worten zusammen.

Nach der Abiturfeier *Gastbeitrag*.

Am Morgen des Tages, den ich schon so lange gefürchtet hatte, betrat ich die Halle mit gemischten Gefühlen. Der Abend zuvor war absolut gelungen, ich hatte bereits von vielen Seiten Lob gehört und ich wusste auch, dass das Aufräumen heute kein Problem darstellen wird. Viel eher beschäftigte mich die Gewissheit, dass das gestern Abend der letzte Tag der Schullaufbahn war. Gefühlt hatten die ganzen Abiturveranstaltungen doch gerade erst angefangen. Sicher, es wird weitergehen, zurückziehen wollen Lukas und ich uns auch jetzt nicht. Aber zukünftige Veranstaltungen werden hier anders werden.

Ohne den ständigen Kontakt vor Ort und ohne die „eigene" Stufe, in der der Zusammenhalt gerade durch die letzten Aktionen nochmal enorm gestiegen war. Glücklicherweise kann ich einige Freundschaften aus der Zeit bis heute halten.

Nicht verwunderlich ist es somit auch, dass ich zu unserer gemeinsamen Abi-Abschlussfahrt bereits mit dem Auto vorab angereist war, mich auf dem Campingplatz anmeldete, Schlüssel entgegennahm, das Haus erkundete und der alkoholisierten Truppe, die da gleich aus dem Bus herausfallen würde, inmitten der Putzkolonne einen Weg zur Toilette freischaffte.

Auch im Laufe der Woche nutzte ich immer mal wieder die Zeit, um Müll und Chaos zu beseitigen.

Und Sie dürfen jetzt abschließend raten, wer am Abreisetag (bis 09:00 Uhr musste das Haus geräumt sein) um 6:30 Uhr bei Sonnenaufgang die Autos beladen, jeden Müll beseitigt und vor allem den Zustand der Küchengeräte, der Musikanlage, des Wohnzimmerteppichs und natürlich auch die Vollständigkeit der Haus- und Zimmerschlüssel überprüft hat. Zur Übergabe sollte nun mal alles perfekt sein, auch die Kleinigkeiten. Wie immer eben.

Aber dann kam dieses Problem, was mich zu dem Zeitpunkt beschäftigte. Ich hatte noch absolut keinen Plan für meine persönliche Zukunft, was ich bisher gut verdrängen konnte, nun aber wohl in den Vordergrund rücken wird.

Diverse lockere Ideen bestanden immer, mit notwendiger Konsequenz hatte ich bis dato jedoch nichts umgesetzt. Am liebsten wäre mir ja auch gewesen, die Zeit würde nie enden. Mit entsprechend depressiver Stimmung fuhr ich also an jenem frühsommerlichen Freitagmorgen über die einsame Autobahn, zurück von unserem Ferienhaus aus den Niederlanden in die Heimat, ohne jede Idee, was ich da überhaupt will. Hätte man mir gesagt, dass ich heute (2019) 650 Kilometer entfernt in unserer Bundeshauptstadt sitze, tagtäglich mit Veranstaltungen zu tun und diverse neue Kontakte habe, wäre ich sicher deutlich entspannter gewesen. Oder aber ich hätte einen Lachanfall bekommen.

Es folgte zunächst ein kleiner Exkurs in ein Restaurant mit angegliederter Event- und Party-Location in einer benachbarten Stadt. Es war alles ganz nett, aber mit dem, was ich bis hierhin unter Veranstaltungsorganisation verstand, hatte das wenig zu tun. Mit der Zeit wurde mir mehr und mehr bewusst, dass ich etwas anderes, größeres brauche. Somit entschloss ich mich nach vier mehr oder weniger erfolgreichen Monaten zum vorzeitigen Abbruch, kurz nachdem ich für den anstehenden Weihnachtsball noch das halbe dortige Techniklager ausgeliehen und eine riesige Tafel mit dem Firmentransporter zur Schule gebracht hatte, die ihren Platz über der Biertheke fand.

Trotzdem war es die richtige Entscheidung, aufzuhören. Nur einige Wochen später ergab sich von heute auf morgen die Chance, einen Ausbildungsplatz in Berlin zu übernehmen. Mit gemischten Gefühlen wurde innerhalb weniger Tage Wohnung und Umzug organisiert. Zwar freute ich mich auf die neue Stadt und über den Ausbildungsplatz, doch viele Zweifel blieben während den zahlreichen Autofahrten durch das jedes Mal endlos scheinende Waldhessen und Thüringen auf dem Weg gen Osten.

Ob ich mir das gut überlegt habe... mir müsste bewusst sein, dass ich von da nicht mehr ständig kommen kann und jede Veranstaltung in der Schule betreuen. Das müssten dann jetzt mal andere übernehmen.

Ich grinste bei den Worten meiner Mutter. Und natürlich erzählte ich ihr nichts davon, dass eine meiner größten Sorgen war, wie ich in der dritten Ausbildungswoche schon Urlaub für die anstehende Abiturfeier bekommen soll. Ich sage nur so viel, es hat funktioniert.

Nach kurzer Zeit hatte ich mich aber auch in der neuen Heimat eingelebt. Ich übernahm allmählich die Treffpunkte Kotti, Schlesi und Alex in den täglichen Sprachgebrauch und lernte, dass eine Busverbindung im 10-Minuten-Takt alles andere als eine gute Verkehrsanbindung ist (Update 2019: mit meiner neuen Wohnung habe ich endlich eine Straßenbahn-Anbindung im 3-Minuten-Takt). Spannend war die Stadt, in der mit Abstand die meisten Veranstaltungen stattfinden, für mich natürlich allemal.

Und sollte ich mich doch unwohl fühlen, hieß es immer, „du bist ja nicht aus der Welt."

Stimmt.

Dass die vermeintlich riesige, endlose und nicht zuletzt gefährliche Stadt nur halb so groß ist, wie meine Großeltern gern taten, merkte ich in der nächsten Zeit noch. Einige Monate nach mir zog zwei Straßen weiter ein ehemaliges Mitglied unserer Schülerzeitungsredaktion aus dem Jahr 2014 ein, so dass wir nun nä-

her beieinander wohnten als zuvor in der weit entfernten „Provinz".

Außerdem gab es da noch das Klassentreffen mit der
Berufsschule (ich war bis dahin genau einen Tag dort
und froh, ein paar Namen zuordnen zu können), als
sich aus der zunächst belanglosen Frage meiner Sitz-
nachbarin „Woher kommst du nochmal?" eine gute
Freundschaft entwickelte. Mein sonst eher unbekann-
ter Heimatort war ihr nämlich alles andere als fremd.
Zwei Straßen unterhalb unseres dortigen Hauses
wohnten die Großeltern jener Mitschülerin, die selbst
aber aus Bayern stammt. Aus meinem Zimmerfenster
schaute ich quasi in deren Wohnung. Schnell stellte
sich heraus, dass ihre Großmutter bis zur Pensionie-
rung 2003 Lehrerin an der Schule war, an der die Geschichten in diesem Buch spielen. Die Welt ist eben
klein.

Traditionell verewigte sich jeder Abiturjahrgang der Schule in einem „Walk of fame" und ließ eine Steinplatte beim Steinmetz anfertigen, die in die Pausenhalle gelegt wurde.
Ganz unauffällig hob Otto eine der regulären Bodenfliesen heraus und klebte die angefertigte Platte neu herein. – Zumindest, wenn sie abgeschliffen ist:

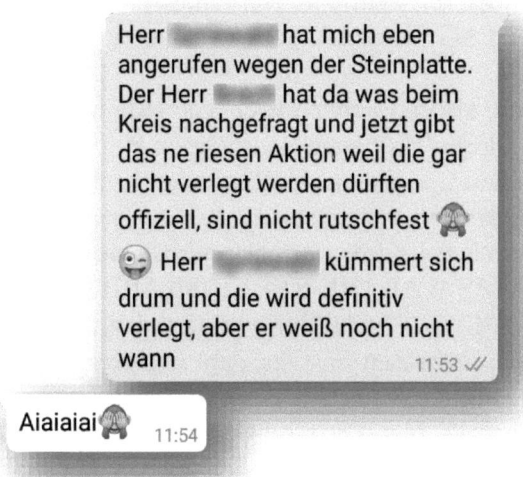

Musical 2017

Und in diesem Jahr ging es auf einmal wieder los mit den Mutmaßungen um das Auftreten der Musical-AG. Lange Zeit wurden die Aufführungen verschoben, weil laut den beiden betreuenden Lehrkräften, die wie bereits erwähnt selbst kaum auffallen unter den Mengen an Unterstufenschülern, *„die Kinder ja erst mal ihren Text auswendig können müssten"*.

179

Diese Aussage und auch die über die fehlenden Gesangskünste der Darsteller hatten wir Techniker seit mittlerweile mehreren Jahren im Ohr, die letzte Aufführung war länger als ein Jahr her gewesen.

Umso weniger Hoffnung machten wir uns, dass eine „anständige" Aufführung stattfinden würde. Diese stieg jedoch mit dem Unterschreiben eines Angebots durch die AG für eine Discokugel und ein Blitzlicht.

Es würde also tatsächlich wieder losgehen, inklusive dem endlosen Probenchaos, nicht zu vergessen sind die Ohrwürmer, die uns als Techniker nach den Aufführungen wieder wochenlang plagen würden.

Wenn ein Kinderchor viermal innerhalb von zwei Tagen „DAAS WAR DIE REEEEISE MIIIT DEEER ZEIIIITMAAAASCHIINE" trällert, dann bleibt das leider für lange Zeit im Ohr, geht uns aber nach der ersten Probe, bzw. schon dem ersten Hören bereits leicht auf die Nerven. Und den betreuenden Lehrkräften insgeheim wahrscheinlich auch, daher stellten Nils und ich uns immer vor, wie sie sich im Lehrerzimmer hundemüde in den Stuhl fallen ließen und erst einmal eine Beruhigungstablette einwarfen.

Jetzt verstehe ich auch die Aussage der einen Lehrerin besser, die sie vor der letzten Probe zu Nils auf die Frage nach der Gesamtsituation und der Ampel ihres Wohlbefindens gesagt hatte: *„Es wechselt gerade so von grün... auf hellrot".*

Die Musicalvorstellungen habe ich selbst nicht betreut, sondern nur ein paar Informationen am Rande mitbekommen. Nils sorgte wieder für einen reibungslosen Ablauf, indem er Otto den Hausmeisterservice abnahm, also die Stuhlreihen stellte und auch die Bewirtung mit der Stufe 12 organisierte.

Ich selbst hatte im Frühjahr und Sommer 2017 viel privat zu tun, zwar wäre ich sofort dabei gewesen, wenn ich 50 Tage Urlaub zur Verfügung gehabt hätte, aber den wollte ich mir lieber für den Musikabend im Herbst, das Schulfest und die Brückentage aufsparen. Wie unterhaltsam (und chaotisch) das Musical mit seinen Proben tatsächlich war, erfuhr ich natürlich immer über die Chatgruppe der Technik-Crew.

DER FLÜGEL

Nicht vergessen durfte ich jedoch Herausforderung Nummer eins im Rahmen der Musicalaufführungen, denn erneut stand die Meisterprüfung für alle Veranstaltungsbetreuer der Schule und solche, die es werden wollen an:

Der geschätzt 2,42 m breite schwarze Flügel musste durch die Tür herausgerollt werden, die rund 2,39 m breit war, seine drei Füße standen jedoch auf rollbaren Mini-Wagen, die eine Gesamtbreite von etwa 2,55 m aufwiesen.

Gemeinsam mit dem Schulleiter, der Musiklehrerin, einem Musiklehrer und neugierigen Sechstklässlern stand Nils im Kreis um das zentnerschwere Instrument herum und man überlegte sich eine Taktik, wie man den überbreiten Koloss aus dem Saal entfernte.

Otto kam (natürlich im ungünstigsten Moment) auch noch dazu – und zwar genau dann, als bereits eine Holzvertäfelung in der Türfasche sich zu lösen drohte.

Rückzug. So ging das nicht. Man war etwa 20 Minuten damit beschäftigt, sich eine andere Vorgehensweise zu überlegen.

Dabei war die Lösung denkbar einfach. Auf eine Skizze verzichte ich an dieser Stelle.

Der Flügel passte exakt durch die Tür, wenn die Klaviertastatur parallel zur Wand durchgeschoben wurde, vorher jedoch zwei der Rollwagen entfernt wurden, indem drei starke Personen das Instrument an der einen Seite hochhoben und man sie danach auf die gleiche Art und Weise wieder darunter schob.

Beim Weihnachtsball 2018 hatten wir daraus gelernt und dank klarer Ansagen durch Nils und mich sowie drei starken Jungs bekamen wir den Koloss innerhalb von fünf Minuten aus dem Saal herausbewegt.

Das neue Tonmischpult

Ganz nebenbei hatten wir es im Frühjahr 2017 auch geschafft, ein neues Tonmischpult zu organisieren. Das hat sich mehr oder weniger von selbst ergeben, unser Schulleiter wurde sich bewusst, dass wir ja schließlich schon einiges zusammengespart hatten und so entschied er spontan, alles in Bewegung zu setzen, ein anständiges Digitalmischpult zu kaufen.

Zusätzlich hatte man uns noch vier Chormikrofone samt Stativ und notwendiger Kabel gegönnt. Ein toller Fortschritt!

Das Treffen

Nachdem nun auch Nils sein Abitur hatte, drohte es, zunehmend langweilig zu werden. Immerhin hatten wir es im letzten Jahr ziemlich gut geschafft, auch weiterhin ein paar Veranstaltungen zu betreuen und am Ball zu bleiben. Jedoch plagte uns zunehmend das Gewissen, dass man uns doch prinzipiell zu leicht vergessen könnte. Beim Schulfest war es fast so weit gekommen, unser Eingriff erfolgte zu spät. Wir wären gerne früher dabei gewesen, das hätte einiges erleichtert, aber man hatte uns zur Abwechslung einmal nicht rechtzeitig mit ins Boot genommen.

Damit solche Sachen nicht zukünftig komplett ohne eine „Einweihung" von uns stattfanden, entschieden wir uns, kurzerhand ein Treffen mit dem Schulleiter zu vereinbaren.

„Ja, ja, klar, kommt Ihr zu mir nach Hause? Ist ja sicherlich besser, oder? Dann machen wir Kaffee und Kuchen!" Perfekt, ein Treffen war geplant.

Lange Zeit hatte ich jedoch nichts von ihm gehört und so entschied ich mich, ihn zu fragen. Seit der Abiturfeier hatte ich ja nun offiziell seine Mobilnummer, also schrieb ich ihm einen kurzen Zweizeiler, ob es

beim geplanten Treffen um 15 Uhr bliebe.
Die Antwort – kurz und knapp:

> Lieber Lukas,
> wie geplant!   20:10

An dem Tag des geplanten Treffens zuckte ich zusammen, als er um 14:30 Uhr anrief und fragte, ob wir heute noch kommen würden. Er *„Ja, wir hatten doch 14 Uhr gesagt?"* – Ich: *Nein, ich habe doch gefragt ob es beim Treffen um 15 Uhr bleibt! – Er: „Nein, es hieß doch mal 14 Uhr!"* – Ich: *„Ja, wir fahren jetzt los und sind gleich bei Ihnen..."* – Er: *„Ja, pass auf, ich muss aber um 16 Uhr bei einem Bekannten im Krankenhaus sein, dem geht's nicht gut... ist jetzt bisschen blöd gelaufen..."* – Na klasse. Das ist ja wieder top gelaufen. Nils und ich waren ein wenig genervt...
Wie dem auch sei, im Schnelldurchlauf und mit zwei Stücken selbstgebackenem Kuchen im Magen präsentierten wir ihm zwei Dokumente als Handreichung für Abiturjahrgänge, damit diese leichter Ihre Konzerte, Feiern und Bälle durchführen konnten. Mit dabei hatten wir eine Übersicht gepackt, in der wir die Dinge, bei denen wir den Jahrgängen unter die Arme greifen würden, aufgelistet haben, in der Hoffnung, dass sich diese nach Aushändigung der Dokumente durch den Schulleiter eigenständig bei uns meldeten.

So die Idee, Nils und ich glauben es allerdings erst, wenn es soweit ist. Der Schulleiter würde es sowieso vergessen. Wir würden uns weiterhin unsere Arbeit überwiegend selbst suchen müssen. Aber so ist das eben, ist ja schon eine spezial-spezielle Sache...

Schulfest 2017

Hallo Herr ▮▮▮▮
Haben Sie die 2. Kaffeemaschine
bei sich Zuhause? Sie wird am
Schulfest ja gebraucht. Wenn ja
können Sie diese am Mittwoch
mitbringen?
Und ich soll von Nils fragen, wann
in etwa Sie am Mittwoch kommen,
er würde dann kurz mit Ihnen
sprechen wollen.
VG LN

16:02 ✓✓

Hallo Lukas,
was soll ich mit den
Kaffeemaschinen zu Hause?😂😂
Die Kaffeemaschinen wurden letzte
Woche von unseren Sekretärinnen
gebraucht.Sollte alles in der Küche
stehen.Bin ca.11:00 Uhr am
Mittwoch in der Schule.
LG ▮▮▮

19:30

Otto hatten wir nun schon seit gefühlter Ewigkeit nicht gesehen,
trotzdem fragte ich zur Sicherheit nach, ob die zweite Kaffee-
maschine der Schule bei ihm sei, weil ich sie in der Schulküche
vergeblich gesucht hatte...

Es sind also durchaus ein paar Monate ohne Zucker-schock durch Erdbeermilch, Käsebrötchen und Schokowaffeln vergangen und der traditionelle Aushang hinter der Glasscheibe, der Ottos Abwesenheit ankündigte und den die Damen aus dem Sekretariat zumeist aufhängten, fing bereits an, zu vergilben.

Es war für uns ja keineswegs schwer, Veranstaltungen ohne ihn durchzuführen, aber es trug auch grundsätzlich zur allgemeinen Erheiterung bei, wenn er mal wieder anfing, aus dem Nähkästchen zu plaudern oder aber tatsächlich mit anpackte.

Bereits seit zwei Monaten erfolgte ein reger Austausch von teilweise langen E-Mails mit einer Lehrkraft. In der Technik-Truppe brodelte es bereits unter den Ton-Spezialisten, weil sich ständig Änderungen ergaben.

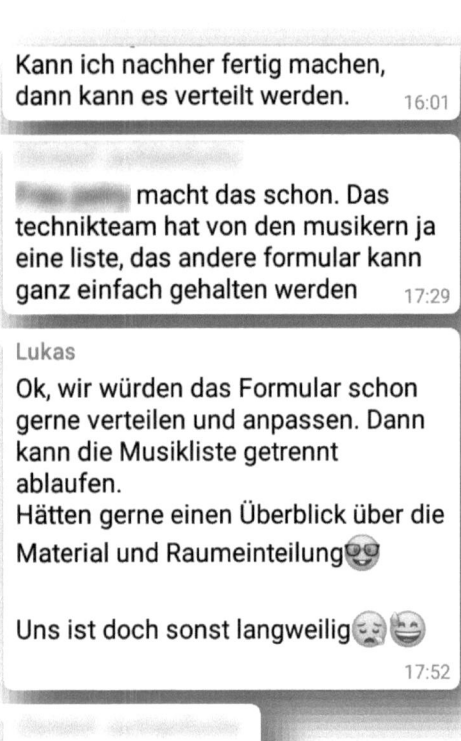

Kann ich nachher fertig machen, dann kann es verteilt werden. 16:01

████ macht das schon. Das technikteam hat von den musikern ja eine liste, das andere formular kann ganz einfach gehalten werden 17:29

Lukas

Ok, wir würden das Formular schon gerne verteilen und anpassen. Dann kann die Musikliste getrennt ablaufen.
Hätten gerne einen Überblick über die Material und Raumeinteilung😎

Uns ist doch sonst langweilig😓😄 17:52

😂 17:58

Ich frag morgen mal die Kollegen.

Bei den Planungen zum Schulfest 2017 durfte es nicht langweilig werden! (Gruppe mit dem Schulfest-Planungsteam)

*Rechtshinweis aus Datenschutzgründen:
Die hier abgedruckte Konversation über einen Kurznachrichtendienst spielte sich <u>nach</u> meiner Schulzeit ab.

Als Nils und ich am Vorabend des Schulfestes, also freitags, gegen 21:30 Uhr langsam in Erwägung zogen, nach Hause zu fahren, vernahm Nils ein Geräusch aus dem eigens für die neue Musikklasse eingerichteten Raum, den die besagte Lehrkraft mehr oder weniger „ihr Eigen" nennen konnte.

Als er mir erzählte, dass sie möglicherweise nochmal in die Schule gekommen sei, grinsten wir uns beide nur kurz an. Ich war jedoch fest entschlossen und ging zusammen mit Nils hoch.

Und so war es auch, inmitten von etwa fünfundzwanzig Plastiktüten saß die Lehrerin auf einem Stuhl und sortierte zahlreiche Handinstrumente, die wild verstreut auf dem Boden lagen und die sie im Vorfeld beschriftet hatte, damit auch *„alles wirklich auf Anhieb klappt und die Kinder auch wissen, was sie brauchen"* – um es auf ihre Art und Weise auszudrücken.

Ich trug ihr einige Kartons aus Ottos Altpapier-Lager hoch, damit sie das Sortiment einfacher herunter auf den Schulhof zur Bühne transportieren konnte, wo es am morgigen Samstag gebraucht werden würde.

Nils und ich grinsten uns erneut wortlos an, als wir den Raum verließen. Wir waren uns einig, dass diese Person sich wieder zu viele Gedanken und Sorgen machte.

Den hinter der Bühne liegenden Kellerraum, in dem die gefühlten 100 Instrumente der Fachschaft Musik für die Auftritte lagern sollten, musste Nils erst einmal vorsichtig beim Meister des Hauses anfragen, da dieser Raum zu Ottos Revier zählte und eine fremde

Nutzung unbedingt vorher abgeklärt sein sollte.

„Dat kann nirgendwo anders sein, nehme ich mal an?" –
Otto war da nicht wohl bei der Sache. Letztendlich
stimmte er aber zur Erheiterung der Musik-Fach-
schaft zu.

Am Tag des Schulfestes selbst hatte ich zu meinem
Ärgernis verschlafen, um 06:30 Uhr wollte ich vor
Ort sein, um aufzuschließen, damit alle rechtzeitig
aufbauen konnten.
Um 7:00 Uhr riss mich jedoch die Türklingel aus dem
Schlaf, nachdem Nils bereits zwei Mal vergeblich versucht hatte, mich anzurufen. Verschlafen parkte ich
um 07:15 Uhr an der Schule ein – ohne Frühstück,
dafür war nachher noch Zeit.

Im Laufe des Vormittags sollten noch Sonnensegel
aufgehängt werden. Dieses Vorhaben kostete das
zweiköpfige Schulfest-Planungsteam etwa zweiein-
halb Stunden und viele Nerven, denn Ottos Hilfe
wurde gebraucht. Warum er denn heute nicht da sein
könne…

DIE FLUCHTTÜRHAUBE

Nein, es hatte nicht gereicht, dass bereits vor 8:00 Uhr
die Polizei auftauchte, um den Tontechnikern freundlich mitzuteilen, dass der Soundcheck doch bitte etwas leiser stattfinden sollte.
Nein, ich als mehr oder weniger anwesender Ersatz-
hausmeister musste auch noch die halbe Belegschaft

in Schockstarre versetzen.

Es ging um den Altbau-Eingang, an den erst vor kurzem der neueste Trend der Sicherheitstechnik montiert wurde: Eine alarmgesicherte Fluchttürhaube *(„Ist ja alles Vorschrift von oben!")*.

Dieser Eingang war lange Zeit lang so umgebaut, dass man nur einen Türflügel öffnen konnte, der andere war durch Ottos Spezialkonstruktion quasi unbrauchbar gemacht, bis zu jenem Zeitpunkt, an dem die Fluchttürhaube Einzug erhielt.

Blöd nur, dass man ohne Zerstörung der roten Abdeckplatte im Wert von ungefähr 0,89 € den Flügel für Veranstaltungszwecke oder logistische Herausforderungen, die wir zu bewältigen hatten, nicht öffnen konnte. Nils und ich waren nach Prüfen des Abdeckplatten-Vorrats in Ottos Büro entschlossen, es auf die geschätzten 0,89 € ankommen zu lassen und ich versuchte, die Haube zu entfernen, was mir auch gelang, jedoch stellte ich mich dabei so dumm an, dass der Alarm mehrmals kurz ausgelöst wurde und der Aufbautrupp auf dem Schulhof zusammenschreckte. *„Es ist alles gut, das ist alles eingeplant"* versuchte ich die anwesenden Lehrkräfte zu beruhigen, während ich nervös um den Altbau-Eingang herumsprang.

Gott sei Dank hatte ich den Rückstell-Schlüssel aus Ottos Büro mitgenommen, damit ich den Alarm immer abstellen konnte. Den anwesenden Lehrkräften war ziemlich sicher nicht sehr wohl bei der Sache, aber ich wusste ja so halbwegs, was ich da tat.

Der Musikabend

Es war wieder soweit, im Herbst stand der traditionell vom Abiturjahrgang ausgerichtete Musikabend an. Insgesamt organisierte die Stufe 13 das alles sehr gut, weshalb ich ziemlich direkt aufgeatmet hatte. Auf ein paar Sachen wies ich das Organisations-Team ganz klassisch aus der Ferne hin, wie auf Kleinigkeiten wie Programmflyer, Preislisten, Umbauten auf der Bühne und so weiter.

Für den Programmflyer versprach man mir hoch und heilig, den von mir gewünschten „Unterstützt durch www.blablabla-technikteam.de" – Schriftzug sowie das passende Logo einzubauen. Dieses hatte ich noch mitgeschickt.

Als ich ein paar Wochen später das Flyer als Dokument geschickt bekam, traf mich der Schlag, insbesondere nach dem Hinweis, dass bereits 120 Stück gedruckt seien.

Ein Programmpunkt war laut meinem Ablaufplan komplett falsch, es waren mehrere Rechtschreibfehler drin, die Technik-Crew wurde ohne Bindestrich, sondern zusammengeschrieben, das Logo fehlte natürlich und – die Creme de la Creme – „Musikabend" wurde auf der Titelseite getrennt formatiert („Musik Abend").

Ich schlug die Hände über dem Kopf zusammen. Schon gedruckt, wie schön. Es geht ja nichts über einen engagierten Arbeitseinsatz, aber ein kleines Korrekturlesen schadet nicht.

Nils und ich waren uns einig, dass wir da nachhelfen mussten. Man bekam es nicht auf die Reihe, uns ein Dokument zu schicken, sondern nur eine PDF-Datei, sodass ich in mühevoller Kleinarbeit Grafiken zusammensetzte, Schriftarten im Internet suchte und die Datei 1:1 als zu bearbeitendes Dokument abbildete. (Nein, ich spinne nicht und ja, das habe ich ernst gemeint)

Kurz vor dem Druck haben wir uns aber dennoch zurückgehalten – immerhin sorgte das ja nicht für die allgemeine Erheiterung.

Nach der Veranstaltung kam ich wieder zur Erkenntnis, dass die Akteure auf der Bühne unbedingt einen Crashkurs zum Thema Mikrofone bekommen sollten. Eigentlich war das ja Aufgabe der Tontechniker bzw. der Bühnenhelfer, aber das muss noch optimiert werden.

Durch falsche Handhabung hörte man aus den Lautsprechern des Öfteren komische und nervige Töne, sodass ich hinten in der Aula aufpassen musste, nicht einen Nervenzusammenbruch zu erleiden, zumal mittendrin der Licht-PC abstürzte und das freundliche Fenster-Betriebssystem sich einen prima Zeitpunkt ausgesucht hatte, um Update 24 von 37 zu installieren – manchmal sind angebissene Äpfel eben doch stabiler und zuverlässiger.

In der Zwischenzeit haben wir den Licht-PC auf ein anderes Betriebssystem umgestellt, um solche Ausfälle zu vermeiden.

Das Publikum ist aber ja Gott sei Dank auf einem anderen Standard als ich.

Das Vereinsjubiläum

Nachdem ich an einem Samstag noch kurzerhand das defekte Schloss an der Musikanlage in der Aula getauscht hatte, mussten wir an einem Herbsttag im Jahre 2017 leider Abschied von meiner Großtante nehmen. In diesem Rahmen kam es dazu, dass man sich nach der Beerdigung im städtischen Café bei Kaffee & Kuchen noch ein wenig unterhielt.

Ich saß in Richtung Fußgängerzone blickend am Tisch und aß ein Stück Käsekuchen, als sich eine mir bekannte Horde von Schülern samt einigen Lehrkräften meiner „alten" Schule draußen in Richtung Stadthalle bewegte – und es wurden immer mehr.

Es war Freitag, ich hatte mir für die Beerdigung einen Tag Urlaub genommen und mit der Zeit realisierte ich, dass an diesem Tag ja die von der Schule im Rahmen des Unterrichts besuchte Ausbildungsmesse nebenan in der Stadthalle stattfand.

Sofort war die Trauerstimmung vorbei und ich nahm mir vor, direkt nebenan dem Hallenmeister einen Besuch abzustatten. Also bewegte ich die Kuchengabel etwas schneller, aß mein Stück Kuchen auf, verabschiedete mich von den Gästen und lugte kurze Zeit später vorsichtig in den großen Saal der Stadthalle herein, wo hunderte Schüler wie von einer Tarantel gestochen umherhechteten, die einen interessiert, die anderen froh, nicht in den Unterricht zu müssen, weil sie ja für die Messe freigestellt worden waren.

Es dauerte nicht lange, bis ich den Schulleiter samt einigen Lehrkräften sah. Ich nutzte die Gunst der Stunde und unterbrach die gesellige Gesprächsrunde, immerhin hatte ich noch ein paar Sachen auf meiner To-Do-Liste, die mit dem Schulleiter für den anstehenden Weihnachtsball und den Musikabend zu klären waren.

Nun kam eins zum anderen, ein Lehrer sprach mich direkt an, ob ich für das demnächst anstehende Jubiläum des örtlichen Turnvereins schon etwas geplant hatte, weil dort Musikgruppen der Schule auftreten würden.

Mir war direkt klar, dass mich jemand zu diesem Thema noch ansprechen würde, weil das Auftreten der Musikgruppen natürlich entsprechenden Einsatz von Technik und die damit einhergehende Organisation und Abstimmung erforderte.

Ein weiteres Gespräch mit dem Hallenmeister ließ jedoch kurze Zweifel bei mir aufkommen: „Die haben zwei Leute und jeder hat eine Veranstaltung organisiert. Der eine den Festakt, mit voller Bestuhlung und extra Vorbühne für die Podiumsdiskussion, der andere die Party danach mit Tanzfläche und allem. Die Bühne steht jedoch auf dem Aufzug, mit dem die Stühle in den Keller gefahren werden würden. Wie sollen wir da „mal kurz" umbauen?" Ich grinste – so etwas war tatsächlich „richtig professionelle Planung".

Glücklicherweise war der Termin so auf einen Samstag nach dem Musikabend gelegt, dass ich an diesem Wochenende ohnehin vor Ort gewesen wäre. Ich bot an, alles für ihn zu regeln, auch mit dem Verein zu sprechen und vorzuschlagen, dass die Technik-Crew der Schule gleich die komplette Veranstaltung betreut. Das ist immer ein kleiner Vorteil, wenn alles aus einer Hand kommt, damit nicht X verschiedene Personen und Gewerke sich abwechseln und aufeinander abstimmen müssen.

Zwei Stunden später hatte ich den 1. Vorsitzenden am Telefon, der mir hoch und heilig versprach, mein Angebot in der nächsten Sitzung zu besprechen und sich zu melden; so genau habe man sich noch keine Gedanken über die Technik gemacht.

Auf diese Rückmeldung hatte ich ziemlich lange gewartet. Seitens des Vorstandes kam auch nichts mehr, bis mich eines Freitagabends auf einmal ein Kollege unserer Partnerfirma anrief: „Hör mal, bei Eurem Auftritt, bei dem Jubiläum...wir bräuchten da mal paar Infos... Instrumente, Tontechnik und so..."

Ich schreckte hoch und verstand nicht ganz recht; der Verein hatte also mittlerweile den Auftrag an unsere befreundete Firma vergeben – und zwar wohl schon seit Längerem. Verärgert erklärte ich mich bereit, die entsprechenden Infos einzuholen und weiterzuleiten.

Ein paar Tage später: Weiterhin keine Rückmeldung vom Vorstand, aber laut unserer Partnerfirma sind die Flyer gedruckt, denn er hatte eines als Programmplan bei sich zu Hause, über das er ohnehin schon lachte. Das müsste ihm ja eigentlich als Ablaufplan reichen...

Ich forderte also die Infos zu den Auftritten an, bis als Antwort eines Samstagmorgens die E-Mail vom Organisator der Musikgruppen mit dem Betreff „Absage der Musikbeiträge" gekommen war, die ich als Kopie bekommen hatte und die an den Schulleiter und den Vereinsvorstand ging.

Schockiert rief ich ihn Samstagsabends an (es war das letzte Wochenende der Herbstferien, montags ging die Schule wieder los) und bat um Erklärung für das spontane Absagen.

Ich hatte einen vollkommen wütenden Musiklehrer am Telefon, der die ganzen Herbstferien lang E-Mails schrieb, Telefonate führte und der mir verärgert in den Hörer schrie, wie er sich aufrege.

Man würde angeblich keine Generalprobe auf die Beine gestellt bekommen, die Technik würde zu spät geliefert werden und überhaupt sei alles vollkommen chaotisch organisiert. Ich fühlte mich in meinen Annahmen vollkommen bestätigt und wir waren uns einig, dass dort wohl mehr schieflief als uns lieb war.

Kurze Zeit später rief ich unseren Technikkollege von der Firma an, der den Komplettauftrag zur technischen Betreuung erhalten hatte und bekam wieder eine andere Version erzählt: Die Technik ist pünktlich zur Generalprobe vor Ort.

Ich, so wie ich eben bin, bat infolgedessen dem vollkommen verärgerten Musiklehrer an, alles wieder gerade zu biegen und die Generalprobe zu organisieren, denn schließlich steht ja grundsätzlich nichts im Wege.

Nein, bei allem, was bisher passiert ist, könne und wolle er da nicht auftreten.

Gut, alles klar – welch ein Chaos.

Der Vereinsvorstand, mit dem ich telefoniert hatte, kannte mich nicht. Dennoch habe ich mir erlaubt, quasi inkognito die Veranstaltung zu besuchen und auch beim Technikaufbau zu helfen. Der groß betitelte Festakt mit anschließender „VEREIN XY GOES PARTY" – also einer Aftershowparty, war in Wirklichkeit eine Veranstaltung, wo meiner Meinung nach mit Perlen vor die Säue geworfen wurde – das dämmerte mir schon vorher. Diesen Standpunkt vertrat nicht nur ich.

Für etwa 40 Gäste wurden Movingheads, zwei Nebelmaschinen und ein Großaufgebot an Tontechnik aufgefahren, bei der Podiumsdiskussion und im Festakt waren etwa genauso viele Personen im Saal, der sonst für gut 300 bis 400 Personen ausgelegt ist. Es war also wirklich eine kleine Runde. Als Sahnehäubchen für diese Gesellschaft wurde noch ein bekannter Radio-DJ und Moderator organisiert.

Immerhin hat der 1. Vorsitzende kräftig das Tanzbein geschwungen – zum allgemeinen Gelächter am Technikstand. Im Nachhinein konnten wir alle nur mit dem Kopf schütteln. Wirklich schade.

Weihnachtsball 2017

Die Organisation des Weihnachtsballs 2017 sollte für mich dieses Mal wohl nicht so zufriedenstellend enden, sondern meine Nerven auf eine Zerreißprobe stellen.

So, wie ich das bei dieser Veranstaltung erlebt habe, habe ich es noch nie erlebt. Es ist wirklich unfassbar, zu welch einem Irrsinn und Chaos die Menschheit fähig ist.

Es kam so weit, dass unser Schulleiter sich ernsthafte Sorgen um die Weiterführung der Technik-Crew machte sowie kurz an meiner Person zweifelte.

Ich musste ein Telefonat an einem späten Samstagabend führen, wonach ich nur drei Stunden schlafen konnte und mich wirklich behaupten, sodass man mich nicht unter vollkommen lachhaften Umständen und mit Argumenten auf Kindergarten-Niveau Hals über Kopf aus allen Angelegenheiten rauszuschmeißen versuchte.

Zum Schutz von Persönlichkeiten möchte ich nicht weiter berichten.

Ein paar Tage vorher und während der Veranstaltung war alles in bester Ordnung, alle vertrugen sich (wie zuvor auch), wir arbeiteten zusammen und keiner gegeneinander.

DIE NEBELMASCHINE

Haben Sie, wie auch Hausmeister Otto, tatsächlich gehofft, wir haben die Sache mit den Rauchmeldern endgültig aufgegeben? Haha. Haben wir nicht.

Nach langen Telefonaten und mehreren E-Mails zwischen Hausmeister, Kreisverwaltung, Nils und mir gelang es uns immer noch nicht, die Rauchmelder im Veranstaltungsareal zu deaktivieren, welches z. B. in Stadthallen eigentlich das Normalste vom Normalen darstellt.

Es gab also weiterhin ein striktes Verbot für Änderungen an der Anlage, also wurden die für einen halben Tag im Technikangebot stehenden Effekt-Nebeler wieder abbestellt.

Als der DJ am Freitagnachmittag vor der Veranstaltung Material aus seinem Kofferraum auslud und mir jemand erzählte, dass er da so ein kleines schwarzes Ding mit ausgeladen hatte, bekam ich Panik. Tatsächlich hatte er eine kleine Nebelmaschine herausgezogen, die er „nach Absprache mit der Stufe nur so ein ganz bisschen" einschalten wollte.

Panisch und fassungslos wies ich jede Gewährleistung von mir und erklärte, dass er auf sehr dünnem Eis stehe, wenn hier der Hausalarm anspringt. *„Ja, kannst du die Melder nicht abschalten?"* – Doch, das könnte ich theoretisch, ich weiß auch wie, aber ich darf es nicht, und wenn ich es machen würde und das rauskäme, weil der Schulleiter auch kommt... kurzum: NEIN!

„Ja, aber immer so ein bisschen und nur ganz wenig... der Melder ist doch weiter weg?" – Deine Verantwortung, du erklärst den Alarm!

Gott sei Dank hat er es eingesehen und vermied das Risiko.

DAS LAMINIERGERÄT

Nachdem Nils und ich bereits bei den Vorbereitungs-
arbeiten einige Plakate gedruckt hatten, ging es ans
Einlaminieren, da diverse Schilder auch in den Jahren
danach erneut eingesetzt werden sollen.

Wir hatten uns wieder bei Hausmeister Otto im Büro
eingenistet und nutzten es als unser Privatlager, wo
wir auch Laptop und Dokumente lagerten – und er
sein Laminiergerät.

Zwar hatte ich meins dabei, aber zuzusehen, wie dreißig Seiten einzeln laminiert werden, ist echt langweilig. Also wollten wir Ottos Gerät mitbenutzen, jedoch
hatte Nils eine Seite wohl so ungünstig eingelegt, dass
sie sich kompliziert im Gerät verhakte und man sie
nicht ohne Gewalt entfernen konnte.

Ich entschloss mich direkt zum kurzen Prozess, griff
zum Schraubenzieher und zerlegte das Gerät in etwa
25 Einzelteile, denn zur allgemeinen Erheiterung
sollte es am Morgen danach für Otto wieder einsatzbereit dort stehen. Drei Mal wurde ich verwirrt von
ankommenden Leuten gefragt, was das gäbe, aber
grinsend versicherte ich, dass es für den Hausmeister
besser wäre, wenn ich das Teil ohne verklemmte Seiten hinterlasse.

Nach 20 Minuten in der vorübergehenden Elektro-
nikwerkstatt atmete ich auf, warf die Seite zufrieden
in den Müll und drehte auch die letzte Schraube wieder rein.

Weitermachen.

Die Kontrollfahrt *Gastbeitrag.*

Wenige Minuten vor 3:00 Uhr in der Nacht. Ganz schön lang hatte es gedauert, bis tatsächlich alle Gäste das Areal geräumt hatten. Endlich abschließen und Feierabend. Ein anstrengender 19–Stunden-Tag ging zu Ende – oder auch nicht.

Warum der Tag mit über 22 Stunden doch noch zum längsten Arbeitstag bei allen bisherigen Veranstaltungen wurde, erfahren Sie im Folgenden.

Es war inzwischen Routine, dass Lukas und ich nach Feierabend mit dem Auto noch eine Runde um das Schulgelände drehten.

Die Sicherheit stand nun einmal immer an erster Stelle. Nicht auszudenken, wenn tatsächlich eine Tür die ganze Nacht offen gestanden hätte. Wir waren ja verantwortlich, weil wir zuletzt das Gelände verließen und für die Schlüsselgewalt auch auf einem Blatt Papier unterschrieben hatten.

Schon aus dem Schulgebäude heraus hatten wir an dem Abend Licht in der gegenüberliegenden Sporthalle entdeckt. Also, erster Stopp am Eingang der Halle und kurz rein, nachsehen, ob dort etwas ungewöhnlich war. Wie erwartet hatte die letzte Gruppe hier vorhin einfach nur das Licht vergessen. Nachdem dieses Problem erledigt und die Halle wieder abgeschlossen war, tat sich das zweite, weitaus größere Problem auf.

Unter der Sporthalle befindet sich ein Parkplatz, der häufig von Angehörigen der Schule genutzt wurde.

Zwischen diversen bekannten Wagen der Schülerinnen und Schüler, die vom Weihnachtsball aus wohl noch weitergezogen waren, fand sich auch ein Kombi, an dem sämtliche Türen weit geöffnet waren und infolgedessen auch die Innenbeleuchtung eingeschaltet war. Es war jedoch niemand zu sehen. Ungewöhnlich, so um kurz nach drei Uhr in der Nacht...

Bei näherer Untersuchung konnten wir das Auto schnell einer Schülerin der ausrichtenden Stufe zuordnen. Nennen wir sie Laura. Sie selbst saß auf dem Fahrersitz und befand sich mehr oder weniger im Tiefschlaf. Offenbar hatte ihr Körper nach drei langen Vorbereitungstagen sowie Arbeitsschichten während des Events, um alle Positionen mit Wechselgeld zu versorgen und schließlich dem ein oder anderen Glas Sekt wohl nicht mehr mitgespielt. Über die tatsächliche Ursache konnte man natürlich nur spekulieren.

Und jetzt?

Eine Sache stand schnell fest: Einfach nach Hause fahren können wir jetzt nicht. Es könnte ja etwas passieren. Keiner von uns wollte solch eine Schlagzeile ein paar Tage später in der Zeitung lesen.

Nachdem ich zunächst den Autoschlüssel gesichert und alle Türen geschlossen hatte, folgten diverse erfolglose Anrufe bei den Stufenkollegen und Stufenkolleginnen.

Okay, was machen wir jetzt?

Zwischenzeitlich hatten wir beschlossen, dass wir sie auf jeden Fall nach Hause fahren würden. Glücklicherweise kamen zu diesem Zeitpunkt zwei weitere

Mitschüler aus ihrer Stufe zurück, was uns die „Arbeit" und die Entscheidungsfindung ein wenig erleichterte.

Zur Sicherheit hatten wir noch schnell einen Eimer aus einer Putzkammer der Sporthalle organisiert.

Wir machten uns also mit zwei Autos auf, ich vorneweg, Lukas hinterher. Ich hatte die zwei Mitschüler sowie unseren „Patient" an Bord und fuhr durch den tiefsten Nebel mit einer Sichtweite von gefühlt einem halben Meter in ein circa 20 Kilometer entferntes Dorf, in dem ich zuvor nie gewesen war und auch nicht ganz sicher wusste, wie man dorthin fährt. Ich musste allerdings auch gar nicht wissen, wie man dorthin kommt, denn nach der Hälfte der Strecke gab der Motor meines Kleinwagens zum ersten Mal den Geist auf.

Schön, ein Samstagmorgen in der Vorweihnachtszeit um 4:15 Uhr auf einer dunklen Landstraße irgendwo im nirgendwo. Immerhin bekam unser Sorgenkind von all dem nichts mit.

Es war diese dämliche Warnleuchte mit der Kraftstoffpumpe, die machte mir schon seit ein paar Tagen Probleme, aber jetzt gerade hatte sie sich einen ganz schlechten Augenblick ausgesucht, um den Dienst einzustellen. Zum Glück ließ sich der Motor kurz darauf noch einmal einschalten und ich rettete mich vorsichtig bis zum nächsten Parkplatz an einem Imbiss entlang der Landstraße.

Wenig später traf dann auch Lukas dort ein, den ich angerufen und über das Problem informiert hatte.

Wir beschlossen, das Auto stehen zu lassen und in

seinen Wagen umzusteigen. Also hieß es, Laura wieder zu wecken, was in Zwischenzeit gelang und irgendwie in das benachbarte Auto zu verfrachten. Eigentlich wollte ich längst im Bett liegen und den Feierabend genießen.

Immerhin brachte uns das zweite Auto dann sicher zum Ziel. Laura wurde an der Haustür schon freudig von ihrem Hund erwartet und bewältigte den Weg in ihr Zimmer auch relativ problemlos. Erleichtert und mit einem Auto weniger ging es zurück nach Hause.

5:00 Uhr. Eigentlich könnte man dann auch gleich mit dem Abbau beginnen.

Nach knapp zwei Stunden Schlaf erklärte ich meiner Mutter am Samstagmorgen um kurz vor 8:00 Uhr, warum ich spontan ihr Auto brauche und machte mich noch halb im Schlaf auf den Weg zur Schule.

Während wir uns mehr oder weniger motiviert um den Abbau kümmerten und dem ein oder anderen von der langen Nacht berichteten, kümmerte sich meine Mutter dankenswerter Weise um das Auto auf dem Imbissparkplatz, was am gleichen Mittag noch abgeschleppt wurde.

Als Ersatz fand ich später einen blau-gelb folierten französischen Kleinwagen, Baujahr 1998 mit etwa 50 PS und der Aufschrift „WERKSTATT-ERSATZWAGEN" vor. Schocken konnte mich nach dem Wochenende aber nichts mehr. Otto rätselte wahrscheinlich, wem dieses komische Auto gehöre, als es auf dem Lehrerparkplatz der Schule stand.

Ich sage nur so viel: Der Wagen hat mich wenigstens eine Woche lang zuverlässig zur Arbeit gebracht und

dabei jeden Morgen an den ereignisreichen Weih-
nachtsball erinnert.
Am Montagabend erfolgte dann noch ein letzter
Schulbesuch für dieses Jahr. Schließlich sollte man
mir nicht nachsagen können, ich hätte irgendwelche
Eimer aus den Putzräumen der Sporthalle entwendet.

Alles war wieder an Ort und Stelle, alle gesund und
auch mein Auto war einige Tage später wieder da.
So, und jetzt Weihnachtsferien! Die konnten wir nun
wirklich brauchen.

Chorkonzert 2018

Zum Chorkonzert konnte ich leider aus geschäftli-
chen Gründen nicht persönlich vor Ort sein (leider
habe ich wie viele andere auch nur 30 Urlaubstage im
Jahr).

Die betreuende Lehrerin war wieder froh, auf meine
Unterstützung von außerhalb zählen zu können – so
gestaltete ich Programmflyer, um zudem das aufwendig neu entworfene Chorkonzept den Besucher/in-
nen in Szene zu setzen.
Kurz zuvor gab es eine saftige Spende von einigen T-
Shirts, bedruckt mit den neuen Chor-Logos für beide
Schulchöre. Dieses trägt die Endung *-ino* für den Un-
terstufenchor und *-issimo* für den „richtigen" Chor, in
dem auch die „Großen" singen. Das war immerhin
eine richtig tolle Idee.

Und damit die Corporate Identity direkt anständig präsentiert werden konnte, zog ich den roten Faden gleich mit durch das Programmflyer durch.
Nils kümmerte sich vor Ort wieder um einige Kleinigkeiten.

Ein toller Presseartikel rundete die Veranstaltung ab – nicht zu jeder kulturellen Kleinveranstaltung an der Schule gibt es einen Presseartikel.
Man hatte sogar dank meiner zweimaligen Bitte dran gedacht, die Technik-Crew im Artikel zu erwähnen.

Der Saal war übrigens wieder gut gefüllt, erneut quetschte sich das Publikum dicht an der letzten Stuhlreihe bis an die Aula-Tür.

Abi-Scherz (= Abi-Gag, Abiturstreich) 2018

Mein lieber Leser, meine liebe Leserin,
im folgenden Abschnitt werden Sie mein bisher größtes Highlight lesen können, was mein Pulsschlag-Barometer anbelangt. Vergessen Sie den Voralarm der Brandmeldeanlage.

Wir drehen die Zeit ins Frühjahr 2018. Es war wieder soweit, der Schulleiter legte die Schlaftabletten bereit, der Hausmeister besorgte sich gleich einen Jahresvorrat und hoffte wahrscheinlich auf das Ausbleiben von plötzlichen Panikattacken.
Im Sekretariat wird man sich unsicher, ob wieder die Lautsprecheranlage missbraucht werden würde, der stellvertretende Schulleiter hoffte auf einen Ablauf nach Plan, wie es zuvor mit dem Abiturjahrgang besprochen wurde, war sich insgeheim wahrscheinlich, aber doch unsicher.
Ich hoffte das auch.
Und wir alle wurden leider bitter enttäuscht.

Mittwochabend, der Tag vor dem geplanten Abi-Scherz, etwa 19 Uhr. Ich war froh, wieder die 350 Kilometer Anfahrt hinter mich gebracht zu haben und steuerte mehr oder weniger direkt die örtliche Stadthalle an, wo man zeitgleich für die Abiturfeier aufbaute.
Die Arbeiten liefen planmäßig, der Zeitplan war im grünen Licht.

Nach dieser kurzen Bestandsaufnahme fuhr ich direkt weiter, um die Aufbauarbeiten in der Sporthalle für den Abi-Scherz zu begutachten. Auch diese liefen soweit nach Plan. Auf das Aufstellen der schweren 17 Bühnenpodeste und das damit verbundene Hochtragen über ca. 25 Treppenstufen verzichtete man aus Gründen der Faulheit.

Ach ja, zudem hatte der Schulleiter das unbeaufsichtigte Aufbauen verboten. Dessentwegen hatte ich noch einen Tag vorher mit ihm telefoniert, um einen Grund für seine plötzlichen Stimmungsschwankungen herauszufinden.

Leider hatte ich keinen Erfolg und Nils und ich regten uns erneut über unsinnige Verbote auf, die es zuvor noch nie gegeben hat.

Egal, weiter im Text. Die Bestandsaufnahme in der Sporthalle reichte mir nicht. Immerhin bestand seit mittlerweile zwei Abi–Scherzen das strikte Verbot, irgendetwas im Schulgebäude aufzubauen oder zu verändern. Auf dem Schulhof könne man machen was man wolle.

Und da ich das mit meinem angeborenen Kontrollwahn unbedingt nachprüfen musste, machte ich mich also auf ins Schulgebäude – und traute meinen Augen nicht.

Ich betrat die Pausenhalle, die komplett verunstaltet war. Kichererbsen, Wasserbecher, Absperrbänder, man hatte alles Mögliche getan, um die Situation zum

Eskalieren zu bringen, denn diese Sachen waren ausdrücklich verboten worden. Nicht nur die eben aufgezählten Dinge hatten mich überrascht (was ja eigentlich harmlos ist), sondern es wurden nagelneue, empfindliche Möbel umgestellt, aufgetürmt, Fluchtwege gravierend versperrt und allerlei Unfug getrieben.

„HALLO?" rief ich, als ich einen Schlüsselbund im Gebäude hörte. Unweit entfernt war Vertretungs-Hausmeister Manni ebenfalls in eine Schockstarre verfallen, als er den von Otto beauftragten Kontrollgang antrat. Wir trafen im Chaos aufeinander, ich erklärte die Situation, dass man sich allem widersetzt hatte, es folgte beidseitiges Kopfschütteln.

Ich bekam etwas Herzrasen. Wenn das die Chefetage mitbekommt. Ganz toll, vielleicht stand sogar die Abiturfeier auf dem Spiel. Man bekäme die Zeugnisse beim Schulleiter im Büro und die Abiturfeier fiele aus, wenn man sich nicht an Regeln halte. Hervorragend. Ich ärgerte mich, dass ich nicht früher anreiste, eventuell hätte ich eingreifen können.

Noch schlimmer war die Tatsache, dass Ottos Vertretung mir versicherte, dass das Gelände garantiert ab 17:30 Uhr komplett verschlossen war und sich jemand Zugang verschafft haben musste. Ich traute meinen Ohren nicht.

Da gibt es doch die eine Putzfrau, die immer abends kommt, um die Schülertoiletten zu putzen...

Ich bastelte mir bereits gedanklich den Tathergang zusammen, beschloss jedoch, bis auf Weiteres nichts mehr von dieser Angelegenheit zu erzählen.

Ich berichtete ein paar Technik-Kollegen von dem Umstand, ließ mir jedoch von dem Abiturjahrgang nichts anmerken. Immerhin hatte ich noch andere Sorgen, die Technik von unserem Lieferanten sowie das Equipment aus dem Schullager mussten noch rüber in die etwa zwei Kilometer entfernte Stadthalle gefahren werden. Das erledigte ich auch noch am selben Abend zusammen mit einem Technik-Kollegen.

Doch die Nacht war noch jung, der Abend noch lange nicht vorbei – und ich noch lange nicht im Bett.

Der Schulleiter übrigens auch nicht – wie sich herausstellte.

Nach dem Abarbeiten meiner To-Do-Liste war ich gerade dabei, die Schule abzuschließen, als ich um 21:30 Uhr noch Stimmen im Gebäude vernahm – und zwar keine Stimmen von Schülern. Ich zuckte zusammen.

Das sollte doch jetzt ein schlechter Scherz sein. Wo war nochmal die versteckte Kamera?

Ich staunte nicht schlecht, als auf dem Schulhof sowie in der Pausenhalle noch die Vollversammlung des Abiturjahrgangs stattfand und man unbeirrt weiter Chaos veranstaltete. Die Eingangstüren waren wieder offen, obwohl ich sie mit dem Vertretungs-Hausmeister zusammen zuvor abgeschlossen hatte.

Ich war schockiert und bekam es langsam mit dem Gedanken zu tun, andere Organe über die Sachlage zu informieren. Das Fass war für mich zu diesem Zeitpunkt eindeutig übergelaufen.

„Du musst uns noch die Sporthalle wieder aufschließen"
meinte man zu mir, als ich jemanden der Stufe unver-
bindlich gefragt hatte, wie lange man noch aufbauen
wollte.

Ich bekam einen Lachanfall. „Ja, der Schulleiter hat
gesagt, wir dürfen da übernachten." Ich lachte weiter,
führte noch eine kleine, klarstellende Rede, schloss
ab, was ich konnte und verließ mehr oder weniger
kommentarlos das Gelände, denn die Sprache hat es
mir definitiv verschlagen.

Vollkommen schockiert setzte ich mich in mein Auto
und versuchte zitternd, einen klaren Gedanken zu fassen und objektiv zu entscheiden, wie ich weiter vorgehen sollte.

Fassen wir kurz relevante Fakten zusammen:

- Es bestand absolutes Verbot, im Schulgebäude etwas zu verändern oder aufzubauen.
  Dem hatte man sich widersetzt – und zwar
  extrem.

- Die Schule wurde zwei Mal komplett abgeschlossen, teilweise war ich Augenzeuge, jeweils kurze Zeit später hatte man sich wieder
  Zugang verschafft, auf welche Art und Weise
  auch immer.

- Es ist 22 Uhr, ich sitze im Auto, die mittlerweile alkoholisierte Stufe treibt im Gelände
  ihr Unwesen, es ist laut auf dem Hof, einige
  helle Lichter sind an und die Türen sind offen.

Die wunderbare Katastrophe.

Ich rief Nils an. Wir erörterten, welches die bessere Vorgehensweise war: Wer muss her, Polizei oder Schulleiter?

Wir beschlossen, den Schulleiter anzurufen.

Zuerst fuhr ich jedoch nach Hause.

Der Chef am Telefon: *„Danke Lukas, dass du mir da Bescheid gibst. Ich rufe dich gleich wieder an."*

Als drei Minuten später das Telefon klingelte, staunte ich nicht schlecht. *„Ich komme sofort, stehe schon in der Tür. Die Polizei geht jetzt mal da rüber, habe ich gerade angerufen. Ach ja, bist du gleich noch wach? Ich habe meinen Schulschlüssel im Büro vergessen. Kann ich mir kurz deinen leihen? Wo wohnst du nochmal, wo war das?"*

Ich schluckte. Mit derartigen Maßnahmen hatte ich dann doch nicht gerechnet. Die Polizei war fast nebenan gelegen, es bestand zwar keine akute Gefahr, aber genug Risiko. Und außerdem hätte man die anwesenden Personen durchaus zur Anzeige bringen können.

Um etwa 22:30 Uhr übergab ich den Schlüssel an ihn und beschloss, nicht mit ihm noch einmal dorthin zu fahren.

Was sich dann abspielte, bekam ich nur am darauffolgenden Morgen erzählt, es wurde eben alles geregelt, was es zum Regeln gab.

Die Bespaßungs-Aktion in der Sporthalle wurde abgesagt. Offiziell heißt es, Nachbarn haben die Polizei gerufen.

Das Fass war schon lange übergelaufen.

Am darauffolgenden Morgen war ich als Erster im Gelände, kochte mir eine Tasse Tee, dieses Jahr allerdings, ohne über einen Bauzaun zu klettern und war erleichtert, keine neuen bösen Überraschungen zu erleben.

Ottos Vertretungs-Hausmeister drückte mir grinsend einen Bolzenschneider in die Hand, mit der Bitte, ob ich die Ketten an den Durchgangstüren öffnen könne, die schon lange von der Abiturstufe hätten geöffnet werden sollen.

Nachdem ich unter irritierten Blicken einiger Unterstufenschüler alle geöffnet hatte, kam mir auf dem Weg nach unten der stellvertretende Schulleiter entgegen. Das (kölsche) Gesetz in Person. *„Jaaa... ich hab' schon gehört wie es gelaufen ist... dat jeht ja mal jaaaar nicht... danke dir...!"*

Er tätigte fünf Minuten später eine Durchsage und informierte über das Nichtstattfinden des Bespaßungs-Events in der Sporthalle, mit der Folge, dass normaler Unterricht stattfand. Die Stimmung war im Eimer.

Ich war jedoch zufrieden über die abgesagte Aktion und baute tiefenentspannt mit einer Sportklasse, die ich spontan beauftragt hatte, die Technik in der Sporthalle wieder ab und lud sie in mein Auto, um sie herüber zur Abiturfeier in die Stadthalle zu fahren.

Eine meiner Lieblingslehrerinnen unterstützte mich lachend beim Tragen.

„Ja klar, das machen wir doch gerne. Es hat ja sowieso kaum jemand Sportsachen dabei, es war ja anders geplant..."

Ein Punkt für uns als Technik-Truppe, wir hatten dadurch weniger Stress.

214

Beim Verladen der Technik rief mich Otto an. Als ich auf dem Display gesehen habe, dass er es ist, musste ich breit grinsen, da ich seinen Anruf längst erwartet hatte. *„Höre mo, wat is denn do bei euch los?"*
Ich zog mich kurz zurück und berichtete von der langen Nacht und der komplizierten Situation. In seiner lustigen Art stellte er wilde Theorien über das Eindringen der Schüler ins Gelände auf und kündigte an, sich jedoch keine weiteren Sorgen zu machen.
„Nein Otto, da war zu. Auch da war zu, unmöglich. Ich kenne deine Schule ja wie du, also wie meine Westentasche" betonte ich lachend.
„Dat gibtet doch nit!"
Leider doch.

Weiter im Text. Unterdessen hielt mir der Schulleiter noch sein iPad unter die Nase, worauf er mir zeigte, wie es am Vorabend ausgesehen hatte.
Die Bilder kannte ich jedoch bereits, hatte es ja gesehen.

Als ich kurze Zeit später die Schule verließ und mich in der Stadthalle um den Aufbau kümmerte, kam gerade eine Putzfrau der Schule zur Tür herein, um uns einen Besuch abzustatten. Mittlerweile wurde ich zum fünften Mal an diesem Morgen gefragt, was denn da gewesen war.

Im Laufe des Tages konnte ich diverse Personen über den tatsächlichen Ablauf des Abends informieren. Ausgewählte Kreise bekamen jedoch die offizielle

Version, dass Nachbarn die Polizei gerufen haben, zu hören.

Mittlerweile (ein halbes Jahr später schreibe ich an diesem Abschnitt) ist so viel Gras über die Sache gewachsen, dass ich in diesem Buch darüber ausführlich schreiben kann.

Ich kann jedoch sagen, dass es die richtige Entscheidung zur richtigen Zeit war.

Immerhin wäre ich meines Lebens nicht mehr froh geworden, wenn an jenem Abend etwas passiert wäre, egal ob Sach- oder Personenschaden, Ärgernisse hätte es in jedem Fall gegeben.

Das konnten alle nachvollziehen, mit denen ich darüber gesprochen hatte.

Abiturfeier 2018

Nach dem non-plus-ultra Männerballett aus dem Jahr 2017, bei dem wirklich alles passte, folgte nun eine gewöhnungsbedürftige Show, wenn man es mit dem Erfolg von 2017 vergleicht.

Technisch hat zwar alles funktioniert, das Essen hat auch geschmeckt, es war weitgehend stressfrei, aber ein bisschen enttäuscht über die Qualität der Darbietung war ich durchaus...

Jedoch hatten Nils und zeitweise ich gezwungenermaßen die Einlagerung der von den Eltern der Schülerinnen und Schüler selbst zubereiteten Vorspeisen und Desserts vor der Feier koordiniert.

So kam es also, dass Nils etwa eine Stunde lang im Foyer auf einem Tisch saß und den alle dreißig Sekunden vorbeikommenden, mehr oder weniger orientierungslosen Elternteilen den Weg zum Kühlhaus zeigte, oder aber dafür sorgte, dass dieses nicht aus allen Nähten platzte, weil man teilweise Speisen, die nicht unbedingt gekühlt werden mussten, dennoch dort deponieren wollte.

Um ca. 15:25 Uhr an diesem Tag kam der Fotograf zu uns und fragte, wo er am besten parken könne. Um etwa 15:40 Uhr sollte er jedoch bereits die Abiturienten auf dem Gruppenfoto ablichten – aber er hatte ja noch etwa 12 Minuten Zeit, um eine Parkmöglichkeit zu finden, von dort wieder zu uns zu laufen und sein Equipment aufzubauen. Immerhin. Nils und ich mussten lachen. Perfekte Planung.

Schulfest 2018

Um die Technik für das Schulfest hat man sich ohne mich gekümmert. Darüber war ich auch froh, denn die technische Organisation eines Schulfests ist immer extrem mühsam.
Bis alle Informationen der unterschiedlichen Gruppen eingeholt sind und Gruppe XY gemailt hat, dass sie das Schlagzeug Nummer 3 aus Raum 1 und Gruppe Nr. 5a nur 6 Minuten später jedoch das Schlagzeug 2 mit dem besseren Klang auf der Bühne benötigt, fließt viel Wasser den Rhein herunter.
Und natürlich bis man sich geeinigt hat, wann welche

Gruppe zum Soundcheck antritt. An Schulfesten und Musicalauftritten sitzt mir mittlerweile immer der Floh im Ohr, der mir zuflüstert: *„Die Kiddies sitzen jetzt schon seit einer halben Stunde hier. Wir wollen anfangen. Was klappt denn da wieder nicht?"*

Zwar konnte ich mir diesen Satz wieder oft genug anhören, verwies aber immer an die Kollegen.

Ich hatte diese Verantwortung abgegeben, das konnte jetzt auch mal jemand anderes machen. Letztlich war das ja auch viel einfacher, da nur ich am Veranstaltungstag selbst vor Ort sein konnte.

Nils und ich hatten am Vorabend noch die Plakate zur Beschilderung der Projekträume aufgehängt und kurz die Lage gecheckt. Eigentlich sollte alles glatt laufen, natürlich bis auf die Soundchecks. Man kann hoffen bis zum Umfallen, irgendetwas wird wieder nicht auf Anhieb funktionieren.

So war es auch, es gab ein Problem mit dem neu angeschafften Digitalmischpult („MANN! ICH BEKOMM DA KEINEN TON RAUS!"), woraufhin eine halbstündige Videotelefonie mit einem Mischpult-Techniker-Junkie folgte, der unserem Tontechniker Anweisungen gab, was er ausprobieren sollte, während die Handykamera in Richtung Bedienfeld zeigte, damit er verfolgen konnte, was bei uns geschah.

Na klasse – vorne warteten wie erwähnt bereits die Musikgruppen und wollten anfangen, zu proben und der Floh in meinem Ohr schrie ununterbrochen.

.

Nils und ich staunten nicht schlecht, als um etwa 07:30 Uhr Otto aus dem Heizungskeller geschlichen kam. Und er war tatsächlich den ganzen Tag da. Mit Ende der Veranstaltung um Punkt 18 Uhr hatte er seinen Putzraum aufgeschlossen und Müllsäcke herbeigebracht. Respekt. Das hatte ich in etwa sechs Jahren noch nie erlebt.

Die Bewirtung hatte erstaunlich gut funktioniert. Nachdem ich am Vorabend geprüft hatte, welchen Strombedarf die große Fritteuse hatte, war ich erleichtert, dass kein starkes Spezial-Verlängerungskabel organisiert werden musste.

Ich war also eigentlich rundum zufrieden, während des Schulfests gab es keine nennenswerten Probleme. Wobei mir da gerade einfällt, dass es doch irgendwo eine Nachbereitungsliste gibt, ich kann sie aber gerade beim Verfassen dieses Abschnittes nicht finden.

Ach ja stimmt, den Übertemperaturschutz der großen Kaffeemaschine, in der man laut Otto auf keinen Fall Glühwein erhitzen durfte (!), sollte mal jemand überbrücken oder überprüfen...

Das Schulschild

„Ich seh´ schon, wie dat mit ´nem Samttuch enthüllt wird.“
Auf diese Art und Weise versuchte Otto grinsend
seine Haltung gegenüber der geplanten Montage eines hochwertigen Schulschildes, direkt an der Haupt-
verkehrsstraße vor der Schule nahezubringen – wenn
auch mit einem Hauch Ironie...

Unser Schulleiter hatte es doch noch geschafft, ein
wenig Budget aus dem Schuletat für ein Schild freizu-
schaufeln.

Das ist auch kein Luxus, immerhin erkannten die ja-
panischen Touristen, die zur Sommerzeit sehr gerne
ihren Urlaub im Rheintal verbringen, das rätselhafte
alte Gebäude von vorne auch nicht als Schule oder als
Gymnasium. Ich fand die Idee gut.

Im Vorfeld hatte ich darum gebeten, mir doch Ent-
würfe zukommen zu lassen, was erstaunlicherweise
auch gut funktioniert hat.

Gott sei Dank, denn nach Vorab-Entwurf sah das
Schild nämlich... bescheiden aus. Ich konnte es mir
keine drei Sekunden lang ansehen.

Die Schriftart passte nicht zum historischen Logo
und die komplette Großschreibung des Eigennamens
in der Schulbezeichnung ließ ebenfalls zu wünschen
übrig, diese Meinung teilte nicht nur ich.

In ein paar Minuten hatte ich drei Alternativen zu-
sammengebastelt, die ich auch zügig wegschickte und
über die sich unser Schulleiter auch ausführlich bedankte.

Ein paar Monate später waren tatsächlich schon Beton-Fundamente zu sehen, die wahrscheinlich Otto mit verdrossener Miene in ein paar Überstunden gegossen hatte, kurze Zeit später sah man sogar das edle Schulschild, für das ich daraufhin noch ein Beleuchtungskonzept vorschlug.
Siehe da, man hatte sich für einen meiner Alternativ-Vorschläge entschieden.

Übrigens: Ein „Samttuch" ist nicht zum Einsatz gekommen. Das Schild wurde nicht feierlich enthüllt, sondern es stand einfach da:

Otto war also sichtlich zufrieden.

Das Desaster 2018

Eigentlich wollte ich dieses Buch ja längst beendet haben, aber im Dezember 2018 muss ich doch nochmal einen Bonus-Teil obendrauf packen.

Stundenweise stand wieder nahezu die Existenz der Technik-Crew und die Fortführung von traditionellen Veranstaltungen auf der Kippe und ich fragte mich ernsthaft, ob nicht doch irgendwo eine Kamera versteckt worden war.
Insgeheim waren Nils und ich auf solch ein Szenario natürlich jederzeit vorbereitet. Oft malten wir uns gedanklich aus, wie Hausmeister Otto mit Guido Cantz in einer versteckten Putzkammer vor zwei großen Monitoren sitzt und die beiden sich köstlich über ein entstehendes Chaos amüsierten. Der Schulleiter und wir natürlich mittendrin. Anlässe für Otto, das Filmteam kommen zu lassen, hätte es durchaus gegeben…

Zurück zum Event: Der bevorstehende Weihnachtsball sollte sich wieder zu einer lesenswerten Geschichte entwickeln. So wirklich geahnt hat das wahre Ausmaß keiner, aber ich hatte bereits mittags ein mulmiges Gefühl im Bauch, insbesondere als ich die viel zu überdimensionierten Bässe jenen Donnerstagabend zuvor begutachtet hatte, die in der Aula aufgebaut wurden.

Bei der Erzählung dieser Geschichte kann ich nicht alle Details ausformulieren, um die Persönlichkeit meiner Mitmenschen nicht zu verletzen.
Die Zusammenhänge dürfen Sie sich selbst erschließen.

Der Weihnachtsball geht also los, das vorweihnachtliche Bühnenprogramm startet, der Glühweinkocher und die Heizlüfter im Außenbereich heizten ordentlich ein (Otto stand wahrscheinlich, heimlich mit Glühwein in der Hand, mit kritischem Blick vor dem Stromzähler) und immer wieder setze ich mich nach Rundgängen durch das Areal zurück in mein vorrübergehendes "Veranstaltungsbüro", welches Nils und ich dieses Mal im Streitschlichterraum eingerichtet hatten. Es läuft recht gut!
Das Gebäude hatte sich wie immer anständig gefüllt, obwohl auffällig wenige Elternteile anwesend waren. Vermutlich bestand durch das letzte Mal von 2017 noch der Schock, dass man keine Musik für sie bot – und wenn, war diese zu laut bzw. tat der viel zu hoch eingestellte Bass in den Ohren weh.
Unser Technik-Kollege feierte gute und laute Musik jedoch sehr, was man natürlich auch verstehen kann. Gute Stimmung bei jungen Leuten ist das A und O.
Das sollte dieses Jahr jedoch sowohl uns als auch den Besuchern zum Verhängnis werden.
Gegen 22:15 Uhr riss der Geduldsfaden des Schulleiters nämlich dermaßen, dass er insbesondere aufgrund der für Eltern und Lehrkräfte unpassenden

Musikauswahl und der entsprechende Lautstärke beschloss, den gebuchten DJ nach 20-minütiger Karenz nach Hause zu schicken. Bis dahin gab er Zeit.

Das Herz des Technik-Kollegen und auch das der verantwortlichen Schülerin des Jahrgangs blutete. Verständlicherweise.

Nils und ich standen mit der emotional sensiblen Organisatorin, einem Schüler der Jahrgangsstufe, dem Schulleiter, einer Lehrkraft und einem ehemaligen Mitglied aus der Technik-Truppe höchst nervös hinter der Bühne, als die Nachricht an den DJ übermittelt wurde.

Sowohl er als auch der Technik-Kollege, der seinen Auftritt organisierte, war stinksauer und die Stimmung schien grenzwertig, weil das Publikum mittlerweile Gesänge gegen den Schulleiter anstimmte.

Obwohl er dem veranstaltenden Abiturjahrgang vorher offenbar deutlich gemacht hatte, dass die Musikauswahl und Lautstärke dieses Mal eltern- und lehrerfreundlicher ausfallen sollte. Aber diese Warnung aus der Chefetage hatte man offenbar nicht ordentlich kommuniziert, oder es gab zumindest ein Missverständnis.

Es folgte also ein Stimmungs-Desaster und der Schulleiter musste mit ... sagen wir, seiner Entscheidung leben und die Konsequenzen tragen.

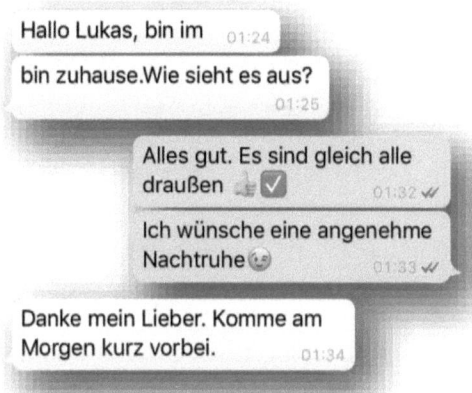

Kontrollfrage des Schulleiters in der Nacht des Weihnachtsballs

Aufgrund der ausdrücklich bescheidenen Situation hatten alle Beteiligten eine Versammlung am darauffolgenden Montag einberufen, bei der einige Probleme und Unklarheiten aus der Welt geschafft werden konnten.

Jedoch hing seit jenem Freitagabend der Haussegen in der Technik-Gruppe sehr schief, da der Schulleiter sich nicht von seiner besten Seite präsentiert hatte und der Vorfall dadurch quasi einen Rattenschwanz nach sich zog.

Ich beschloss also einen kleinen „Cut", quasi einen Mini-Neuanfang zu starten, der damit begann, dass wir uns alle erst einmal einen großen runden Tisch setzten. Zum Glück verschwanden solche Eskapaden immer relativ schnell, sodass sich die Stimmung natürlich auch wieder in den Normalbereich hob.

DIE FLUCHTTÜRHAUBE – TEIL 2

Als wäre die Stimmung am Abend des Weihnachtsballs nicht schon gekippt genug gewesen, musste die
verantwortliche Organisatorin (nennen wir sie der
Einfachheit halber Lena) zusätzlich noch in Angst
und Schrecken versetzt werden.

Völlig unerwartet hatte der Alarm der bereits zum
Schulfest thematisierten Fluchttürhaube ausgelöst,
weil eine Abdeckung scheinbar etwas lose war und ein
schlauer Besucher die Gelegenheit genutzt hatte, den
Türflügel mit etwas mehr Kraft als üblich zu öffnen.
Der stellvertretende Schulleiter sowie eine verantwortliche Lehrkraft der Veranstaltung eilten nervös
zum Ort des Geschehens, wo auch Nils und Lena
schnell eingetroffen waren. Diese sowie der verantwortliche Lehrer forderten Nils panisch auf, doch
bitte umgehend die Feuerwehr darüber zu informieren, dass sie nicht kommen musste.

Lena war bereits in Tränen ausgebrochen, vollkommen in Panik und sah die Rechnung für den falschen
Alarm bereits vor ihren Augen.

Nachdem ich einen Sprint zu Ottos Büro hingelegt
hatte, um den Rückstellschlüssel zu holen (der hat vor
zwei Jahren beim Schulfest ja schon einmal Premiere
gefeiert) war auch ich vor Ort und wir verdeutlichten
ihr schmunzelnd, dass die Feuerwehr nicht kommen
und kein Feueralarm ausgelöst werden würde.

Otto hätte sich alternativ auch mal um eine Integra-
tion der Noteinrichtung in die Schließanlage der

Schule bemühen können, dann wäre mir die sportliche Einlage erspart geblieben...

Auch der anwesende Lehrer musste erst durch uns erklärt bekommen, dass diese Einrichtung vollkommen harmlos ist und keine Alarm-Kettenreaktion stattfindet.

An diesem Punkt hatte ich wieder den fiktiven Leitfaden „Sicherheit und technische Einrichtungen an unserer Schule" vermisst, den das Lehrpersonal zur Hilfe bei der Einarbeitung hätte erhalten sollen – wenn er existent wäre.

Der Stadtlauf

Schon wieder erwische ich mich dabei, noch einen Absatz obendrauf zu packen. Es gibt aber auch einfach viel zu erzählen.

Bei grellem Neonlicht und um ungefähr halb zwei nachts, als Aufbruchsstimmung beim Weihnachtsball herrschte, sprach mich noch ein Mitglied des örtlichen Stadtlauf-Komitees an, ob wir uns es nicht doch noch mal überlegen könnten, dieses Mal beim Lauf die Sportler mit Musik zu beschallen.

Schon im letzten Jahr hatte ich die Idee entwickelt, versprach dem Organisations-Team auch die Umsetzung, jedoch ergaben sich Terminschwierigkeiten, sodass ich leider doch noch absagen musste. Das hatte mir auch nicht wirklich gefallen, aber wir konnten es damals nicht vernünftig umsetzen.

Ich war eigentlich schon übermüdet und hatte an mein Bett gedacht, aber auf einmal war ich wieder hellwach. Begeistert vom Tatendrang des jungen Mannes im etwa gleichen Alter wie ich, der selbst aktiver Läufer ist, versprach ich, die Idee dieses Mal wirklich auf die Beine zu stellen. Ich schlug vor, es dieses Mal frühzeitig detailliert zu organisieren.

Ebenfalls sprach ich das Konzept einer After-Run-Party an, woraufhin der Kollege mir gleich verdeutlichte, dass er recht interessiert an innovativen Neuerungen des doch relativ angestaubten Stadtlaufkonzeptes sei. Wunderbar! Da hatte ich doch wieder mal einen Gleichgesinnten gefunden und freute mich über die Zusammenarbeit.

Immerhin hatte ich schnell wieder das Bild von zwei Vertikal-Nebelmaschinen im Kopf, deren Fontänen mit Blitzlicht die Laufstrecke inszenieren und die Läufer überraschen.

Fast genauso hatten wir das im Jahre 2019 auch verwirklicht – ohne Blitzlicht. An jenem Tag war die Stimmung in der Techniktruppe aus Nils' und auch aus meiner Sicht noch nie derart ausgelassen und positiv, wie sie sonst war. Wir alle hatten eine Menge Spaß, die Läufer ebenso und die Resonanz des Organisationsteams, aller Zuhörer und die der zwei Streifenpolizisten, die uns zwei Stunden lang gut gelaunt zusahen und sich dynamisch zur Musik bewegten, war durchweg positiv.

Ich ärgerte mich natürlich, dass wir nicht viel früher auf diese Idee gekommen sind. Selbstverständlich steht der Termin des Stadtlaufs ab sofort in meinem Kalender. Gute Sache.

Die Einweisung

Sie kennen doch bestimmt die tollen Filme, bzw. die Live-Vorführungen der Stewardessen in den Flugzeugen auf dem Weg in den Sommerurlaub.
Eine solche, nach mehrmaligem Betrachten sehr nervige, aber notwendige Prozedur in Form eines Einweisungs-Films hätte man auch bei den Musicalvorstellungen im Jahre 2019 drehen können.
Zwar nicht zum Thema Sauerstoffmasken, aber zum Thema Notausgänge.

Aus bisher ungeklärten Gründen kam es nämlich dazu, dass an dem Nachmittag der Musicalvorstellungen im Jahre 2019 eine Person aus der städtischen Verwaltung in der Aula aufkreuzte, um die Funktionstüchtigkeit der Notbeleuchtung zu überprüfen.
Jene Beleuchtung war jedoch zu diesem Zeitpunkt leider seit etwa zehn Jahren nicht mehr in Betrieb. Otto bestätigte diese Annahme und ihm war es genau so unrecht, dass eben dieser Mitarbeiter vom Amt genau jetzt seinen Kontrollgang durchführen musste.

Selbstverständlich war es verboten worden, die Musicalvorstellung an jenem Abend ohne funktionsfähige Notbeleuchtung durchzuführen.
Sowohl Otto, der Schulleiter als auch natürlich die betreuende Lehrkraft der Musical-AG waren nicht gerade begeistert über die Sachlage.
Die Technik-AG kochte vor Wut, Nils war vor Ort.

Er schilderte mir die ganze Geschichte am Telefon, ich war noch unterwegs.

Schlussendlich einigte man sich auf eine Notlösung. Otto hatte mit Mühe und Not alle Taschenlampen aus seiner Werkstatt zusammengesucht und vor Beginn der Vorstellung stand die Technik-AG auf der Bühne und wies auf die Position der Notausgänge hin. Und zwar in etwa so, wie in solch einem Sicherheitsvideo einer Fluggesellschaft. Es war wohl durchaus amüsant, zuzusehen.

Im Falle eines Stromausfalls mussten die Techniker mit den Taschenlampen den Besuchern den Weg zum nächsten Notausgang beleuchten.

Beziehungsweise hätte man auch einfach die Vorhänge im Saal wieder aufziehen können, weil es während der Veranstaltung ohnehin taghell war.

Als ich am nächsten Morgen vorbeischaute, war Otto bereits hektisch mit dem Hauselektriker samt Notizblock zu Gange, um die neue Notbeleuchtung zu planen. Das ging ja mal wirklich zügig.

Die modernen LED-Notlichter hingen bereits in den darauffolgenden Sommerferien, sogar an Positionen, die man vorher gar nicht wahrgenommen hatte – zum Ärgernis von uns als Technik-Crew. Auf der Bühne brauchte man nämlich ab sofort eine Sonnenbrille, wenn man als Zuschauer auf den dunklen Treppenabgang hinter der Bühne sah, über dem jetzt quasi die Sonne in Form eines tollen Piktogramms schien. Aber: Vorschrift ist Vorschrift!

Bonus: Der Sturm

Erinnern Sie sich noch an das geräumige Partyzelt, welches ein Mitglied des Schulelternbeirates dankenswerterweise gesponsert hatte?
Otto wird dieses für sein Leben lang in Erinnerung behalten, denn am Morgen nach dem Weihnachtsball 2019 erlebte er den – behaupten wir mal – größten Schock, den er im Verlauf der Erzählungen je erlebt haben muss.

Samstagmorgen, 08:35 Uhr: Ich parkte mit meinem geräumigen Kombi mehr oder weniger motiviert, aber traditionell müde und ohne Frühstück im Bauch, auf dem Schulhof ein und begab mich zielstrebig auf den Weg zum Altbau-Eingang über den Hof.
Das übliche chaotische Aufräumen begann, das hatte ich recht schnell wahrgenommen. Otto war ungewöhnlich ruhig. Auch das hatte ich mit einem zielstrebigen Blick über den Hof wahrgenommen.
Was ich jedoch erst einige Sekunden später, nämlich bei einem Blick zur Seite wahrgenommen hatte, war das Partyzelt, welches sich durch eine starke Windböe, die nachts aufkam, etwas wie ein abstraktes Kunstobjekt auf dem Hof aufgebaut hatte. Keine Metallstange des Gerüsts war mehr an ihrem Platz, die stabilen Verstrebungen lagen wie auf einem Mikado-Haufen in der Ecke des Hofs.
Dazu kam, dass das stabile Gestänge durch den starken Wind einen erst kürzlich reparierten und nicht gerade billigen Lichtstrahler stark beschädigt hatte.

Er hing an der Hauswand herab wie ein Schluck Wasser in der Kurve. Das würde richtig Ärger geben.

Otto war auf 480. Ein erster Anlauf durch mich brachte kein Gespräch zustande. Dem veranstaltenden Abiturjahrgang gegenüber hatte er wohl seine Aggressionen bereits lautstark deutlich gemacht.
Es hatte ein paar Stunden gedauert, bis er wieder zu einem Gespräch fähig war, bzw. bis zu dem Punkt, an dem er einen guten Bekannten aus seiner Jugend auf dem Hof vernahm, der grinsend auf ihn zumarschierte – er war offenbar beim Caterer des Abends zuvor angestellt, der gerade dabei war, seine Warmhaltebehälter einzuladen.
Otto freute sich wie ein Honigkuchenpferd, seinen alten Bekannten wieder zu treffen. Urplötzlich war er wieder ganz der Alte, hatte das Zelt relativ schnell vergessen und drehte kurze Zeit später sogar – alle Jahre wieder – seine Runden auf der vollautomatischen Aufsitz-Kehrmaschine, um das gröbste Chaos auf dem Hof zu beseitigen. (Warum gibt es darin eigentlich keine Meisterschaften? Wäre bestimmt lustig!)

Der Schulleiter wollte in diesem Jahr eigentlich nicht mehr morgens kommen, hat sich aber trotz Weihnachtsstress durch Otto davon überzeugen lassen. Irgendwie würde man auf dem kurzen Dienstweg eine Lösung finden...
Es passiert eben immer etwas, was nicht geplant war. Ansonsten hätte ich diese 240 Seiten nicht so einfach füllen können.

...und wenn ich nicht gestorben bin, schraube ich immer noch Laminiergeräte auseinander, geistere um 19 Uhr durchs Schulgelände oder suche – wenn nicht gerade Otto, der sich irgendwo versteckt, die passende Sicherung im Schulhaus.

Wenn ich unter diese rund sieben Jahre, über die ich in diesem Buch ein bisschen erzählt habe, einen Schlussstrich ziehen müsste, dann würde ich das mit folgendem Spruch tun:

Es wird nichts so heiß gegessen, wie es gekocht wird!

Ich hoffe, ich konnte Sie des Öfteren zu einem Lächeln bewegen.

Übrigens: Nicht alles über meine Geschichte ist hier im Buch zu finden. Ein paar Dinge hebe ich mir natürlich für Lesungen bzw. Veranstaltungen auf.

Interesse? Ich besuche sehr gerne Schulen, soweit mein Terminkalender und die Mobilität es zulassen.

Haben Ihnen meine Erzählungen gefallen?
Dann besuchen Sie mich doch auf meiner Homepage www.lukasneumann.de.

Gerne dürfen Sie mir auch in Facebook sowie Instagram folgen und dort ein Abo, ein „Like" und / oder einen Kommentar dalassen.

Ich antworte auch persönlich, versprochen!

Schlusswort für die jungen Leserinnen und Leser

Ich wünsche allen da draußen, insbesondere Euch Schülerinnen und Schülern viel Erfolg dabei, Euer Leben so zu leben, wie Ihr es für richtig haltet – es ist nicht das Eurer Familie, Freunde und Feinde.

Du hast noch keine Verbindlichkeiten in jungen Jahren – nutze deine große Freiheit und probiere viel aus! Wenn Du etwas dazugelernt hast, dann war es kein Fehler, sondern eine wertvolle Erfahrung. Blättere doch dazu noch einmal zurück zu meinem Start ins Berufsleben.
Noten beschreiben nicht Deine Person – lediglich Deine Anstrengung. Denke anders, hinterfrage die Masse.
Höre vor allem auf Dein Bauchgefühl. Es bringt Dich meist in die richtige Richtung. Mein Bauch hat gesagt, ich soll dieses Buch hier veröffentlichen.
Nicht nur mein Kopf meinte dazu, ich sei doch komplett verrückt geworden...

Egal!
Folgt mir doch auf Instagram und/oder Facebook *(@lukasneumann.de)* und vielleicht erinnert Ihr Euch ja noch lange an den vollkommen abgedrehten Typ, von dem Ihr gerade ein Buch in den Händen haltet.

Euer *Lukas*

Danksagung und Grußworte

Ich bedanke mich recht herzlich bei...

...Hausmeister Otto:
Du sagtest, Du könntest Bücher füllen? Und wo sind die? Los geht's!
Ich freue mich jetzt schon auf Deinen Bestseller *„Ich erzähl Euch mo wat! – Ein Schulhausmeister packt aus"* ☺
Ich gehe übrigens davon aus, Du nimmst diese 240 Seiten mit Humor :-)

...meinem ehemaligen Schulleiter:
Sie waren ja scheinbar genau so verrückt wie ich gestrickt, sonst wäre bestimmt vieles anders verlaufen. Danke dafür!
Die Antworten auf bisher ungeklärte Fragen von Ihnen: Ja, ich habe heute schon etwas gegessen, obwohl ich seit 7 Uhr in der Schule bin und nein, ich habe nicht am 32. Mai Geburtstag, sondern die komische Zahl in meinem Autokennzeichen steht für die Raumnummer des Techniklagers. Vielen Dank auch für die Schokoriegel, die immer auf dem Besuchertisch in Ihrem Büro bereitstanden!

Ich wünsche Ihnen viel Glück und Gesundheit für Ihren weiteren Lebensweg.
Vielen Dank für Ihre ausdauernde Bereitschaft zur Zusammenarbeit bei allen Dingen und Projekten!

... allen anderen (Ehemaligen) aus der Technik-Crew!

Viele Events waren durchaus eine Zerreißprobe für uns als verrückte Truppe, aber irgendwie haben wir es ja dann doch immer geschafft.

Auch Ihr habt im Wesentlichen zum Verlauf der vielfältigen Veranstaltungen und somit auch der vielen originellen Kurzgeschichten beigetragen und ich würde mir wünschen, dass wir trotz schulzeitbedingtem „Personalwechsel" immer in Kontakt bleiben.

...Nils

Mein genauso verrückter Kumpel, ohne den ich vieles nicht so erlebt hätte. Danke dafür, dass Du dich kreativ in dieses Vorhaben mit eingeklinkt hast und danke für die Korrekturlesungen! Bleib auch Du so, wie Du bist!

...allen, die die Geschichten in diesem Buch miterlebt haben und mit denen ich darüber lachen und sprechen konnte. Nicht nur in der Schule!

Unter anderem alle Freunde & Kollegen, viele engagierten Schülerinnen und Schüler, aber auch die Damen im Sekretariat, alle anderen Personen in der Verwaltungsetage, die Fachkräfte für Raumpflege... Bleiben Sie so, wie Sie sind!

...Sarah – wären Sie nicht gewesen...

Sie werden sich jetzt wundern, was Sie mir da eingebrockt haben und welcher Stein ins Rollen kam.

Sie haben mich im Jahre 2011 gefragt, ob ich mich mit Veranstaltungstechnik auskenne und waren dadurch mit sehr hoher Wahrscheinlichkeit einzig und allein der zündende Funke für das komplette Spektakel in den bis hierhin vergangenen sieben Jahren. Das wird mir gerade erst beim Schreiben dieses Abschnittes bewusst. Wahnsinn!

Wir haben uns lange nicht mehr gesehen und uns ausgetauscht, daher wünsche ich insbesondere Ihnen viel Spaß beim Lesen dieses Buchs.

...Raphael

Lieber Raphael, du bist seit langer Zeit mein Vorbild, das sage ich Dir jetzt gerade zum ersten Mal.

Du hast viel auf die Beine gestellt, bist Deinen ganz eigenen Weg gegangen, hast Dich durch scheinbar fast nichts aufhalten lassen.

Von Dir kommt der Spruch: „Wer sein Ziel kennt, der findet einen Weg".

Du bist eine großartige Persönlichkeit!

Danke auch für Deine Ratschläge, Ideen und die Inspiration im Dezember 2018, ohne die dieses Buch jetzt nicht vor den Leserinnen und Lesern liegen würde, sondern wahrscheinlich lediglich als Datei, die seit langem nicht mehr bearbeitet wurde, auf meinem Desktop abgespeichert wäre.

...den Förderverein meiner ehemaligen Schule

Vielen Dank für Ihre konstruktiven Ratschläge zum Buchprojekt. Ich hoffe, Sie sind mir nicht böse, dass ich trotz Ihrer Warnung und dringenden Empfehlung weder Schulleiter und Hausmeister vorher um die Erlaubnis der Veröffentlichung dieses Werks gefragt habe. Sonst wäre doch wirklich der ganze Überraschungseffekt verloren gegangen.

...meine Mutter, Jens, meinen Opa und meine Nachbarin Silvia

Zehn Augen sehen mehr als zwei, vielen Dank für Eure Korrekturlesungen, Stellungnahmen und Mühen, diese haben zur stetigen Qualitätssteigerung dieses Buches beigetragen!

...Marius

für das Coverfoto sowie die kompetente Hilfe rund um Grafik & Design.

...dem Team der örtlichen Stadthalle

für die hervorragende Zusammenarbeit, nicht nur bei allen Veranstaltungen, die bei Euch stattgefunden haben, sondern auch im Rahmen der Buchpremiere in meiner Heimatstadt.

Sie dürfen gerne weiterblättern. Ganz zu Ende ist es noch nicht.

Leider schlechte Nachrichten...
hast Du nicht früh genug
weggeschlossen, da ist jetzt
Glühwein drin😨

16:53 ✓✓

Wie blöd muss man sein und
warum sollte ich die
wegschliessen?
Die gehören in die Küche! 👏👏👏

19:28

*Erinnern Sie sich noch an die Kaffeemaschinen, in die laut
Otto keinesfalls Glühwein gefüllt werden durfte?*
2019 lief es übrigens wieder schief...

Aus sozialen Netzwerken

(Das Bild kann ich aus rechtlichen Gründen leider nicht abdrucken, es zeigt jedoch das Titelblatt eines Theater-Programmheftes)

technikteam Diese Ironie wenn man auf dem Skript von of Angels und Devils extra einen Vermerk für Die Rauchmelder hat und es trotzdem einen Feueralarm gab!

Dürft ihr wohl euere Rauchmelder abschalten? 😳

Ohne Worte. Bei uns ist es glücklicherweise gerade so gut-gegangen.

3 Reaktionen auf die Nachricht, dass ich ein Buch veröffentlichen werde:

> Ach du heiliger 😳 22:27

> Ein Buch... was man in unserem Alter halt so macht 😄 22:27

> Ein frohes neues Jahr und vielen Dank für deine Post, die mich gerade erreicht. Ich hatte ja an alles Mögliche gedacht, aber Autor - Respekt. Ich bin sehr gespannt, was du so von deiner Schulzeit berichtest. Ich hoffe, ich muss keine Angst haben... 🤣 🙈 Ich werde dasein. 👍 11:51

... und um es zusammenzufassen:

> Du hast doch einen an der Waffel 🤓 19:26

Naja, immerhin ist es ein Alleinstellungsmerkmal!

Hier ist der richtige Platz, um eine Einbau-
küche zu zeichnen (Dinosaurier sind auch
erlaubt!).

Ende.